Fogo nos olhos

Pedro Mairal

Fogo nos olhos

Crônicas sobre o amor e outras fúrias

tradução
Livia Deorsola

todavia

O grande equívoco 7

Uma caixa vermelha 10

A velha que boia 13

A entomóloga 16

Filmagens 19

Os dois corpos de Ferreira 22

Banheiro compartilhado 25

Fotos roubadas 28

Modos de dormir 31

O amor invisível 34

A canção conjugal 37

Teresa me tira o sono 40

Nunca choro 43

Rede de redes 45

A professora particular 48

É proibida a entrada de estranhos 51

Ali sentado 54

No terceiro dia **57**

A metade escura **59**

Entre homens **62**

Adrián e Eva **65**

O meu Golias **68**

Dois ambientes **71**

Três dias de hotel **74**

Ponta e Luiz **77**

Sem filhos **80**

A giganta **83**

A trilha **86**

Mercado das flores **89**

Te encontrar **92**

A batalha **95**

As curvas do algoritmo **97**

Fogo nos olhos **100**

O grande equívoco

O amor é um equívoco. Todas as pulsões do amor são um equívoco. Mas esse equívoco é a única coisa que existe. A voluptuosa Anita Ekberg, em *A doce vida*, entra na Fontana di Trevi e chama Marcello. *Marcello, come here!* E o que Marcello faz? Tira os sapatos, entra na água e, andando lentamente em sua direção, resignado, como que seguindo um mandado da espécie, diz: Estamos todos equivocados. E nisso ele tem razão. Estamos todos equivocados e caminhamos para o equívoco do amor, feito zumbis. Mas que equívoco mais saboroso, mais ardente, mais poderoso. As pessoas estão mortas e apagadas até que, de repente, se apaixonam e nelas se acendem todas as luzinhas da árvore de natal. Sentem-se desejadas, voltam a desejar, vão para a cama com alguém que as faz sentir algo que nunca ninguém as tinha feito sentir antes. Depois de uma trepada cósmica, a experiência vital passa a ter novas paisagens. E esse amante já se torna uma droga pesada, uma picada no sangue, e sua ausência, um desassossego. Queira Deus que você se apaixone, diz uma maldição cigana.

Vou escrever histórias sobre gente assim, que faz coisas absurdas por amor, como mariposas se jogando na fogueira. Gente que se entrega, apesar de todas as advertências. Vinte anos atrás, uma amiga me perguntou sobre um sujeito que eu sabia que era um desastre, um compêndio de infelicidade, um entroncamento de problemas. Fiquei um bom tempo falando mal desse sujeito para ela. Acenei diante de seus olhos todas as bandeiras vermelhas. Hoje eles vivem juntos numa espécie de fúria conjugal irrefreável e extenuante. Quem era eu para lhe dizer que ela estava errada? Terá sido a experiência borderline o que lhe deu coragem? Será que eu estava apaixonado por ela? O desejo é um animal que se move na escuridão. Vai tateando nas sombras. Não podemos guiá-lo, nem matá-lo, nem refreá--lo. E ele vai deixando atrás de si um rastro de infelicidades, traições, humilhações, brigas, fotos, convivências, corações despedaçados, mensagens, contaminações, abortos, filhos, divórcios, mudanças, migrações, lágrimas.

E é assim que tem de ser. Porque é o amor ou nada. O contrário da morte não é a vida, mas o sexo, diz a escritora Milena Busquets. Vamos para a cama para nos fundir no outro, ou para tentar fazer isso, para sentir que somos quase infinitos, porque continuamos no outro, no beijo, no abraço, parece que não existe mais fronteira, que espreitamos a completude, devoramos, somos devorados, forma-se a roda infinita, uma imortalidade que brilha de repente, e do mesmo jeito que brilha, se apaga, e ficamos com os corações a galope, jogados na cama, porém outra vez divididos nessa fusão que não aconteceu. O pai de uma namorada minha da adolescência nos flagrou uma vez, afogueados e botando a roupa. O que vocês estavam fazendo?, perguntou. Querendo deixar a situação mais leve, fiz uma piada. Estávamos fundindo o átomo, acelerando as partículas. Ele não gostou. Quando fui embora, desceu comigo no elevador e abriu a porta da rua para mim sem dizer uma única palavra.

Nos dias de hoje, em que o outro é um corpo infeccioso, virótico, tão diferente da foto do perfil, tão hiper-real, incontrolável, com cheiros, problemas, com olhos de medo, por que as pessoas continuam a se atirar, nuas, umas em cima das outras? Para escapar do quê? O equívoco continua acontecendo, apesar de tudo. Embora doa e seja uma tragédia, nos esvaziamos no amor. Uma amiga sempre me conta de seus encontros no Tinder. Outro dia, me disse: Quando nos despedimos, ele fechou a porta bem devagar, mas aliviado, como quem desliza o dedo na tela do aplicativo já sabendo que nunca mais vai te ver de novo.

Uma caixa vermelha

Eu tinha me esquecido de que a caixa estava lá em cima, naquele armário alto onde a depositei há dez anos. Não a alcançávamos nem na ponta dos pés sobre uma cadeira. Mas, numa tarde de começo de inverno, pedi ao meu filho que pegasse uns cobertores que eu tinha posto em um saco e que não encontrava em nenhum canto. Meu filho pediu a escada emprestada para o porteiro e, lá de cima, me disse: É esta caixa, mãe? Olhei e em cima de mim caiu o peso do tempo. Porque o tempo pesa muito mais do que qualquer objeto. Não!, eu disse, isso você deixa aí. Encontramos os cobertores, fingi que continuava dando ordens e voltas pelo quarto como sempre, mas essa caixa ficou fazendo barulho na minha cabeça durante toda a tarde e por grande parte da noite. Como se saíssem ecos da caixa vermelha.

No dia seguinte, acordei cedo, fumei na sacada e quando o meu filho foi para o clube, subi na escada e desci a caixa. Não quis nem abrir. Saí para a rua, agasalhada, com a bolsa e a caixa debaixo do braço. Era comprida e leve. Onde se pode queimar uma coisa assim? Tinha que haver fogueiras nos bairros, uma queima mensal onde se pudesse jogar coisas na grande pira e vê-las arder. Um bom fogo, em vez desse destino imundo de lixo pisoteado, revirado, tirado dos contêineres, manchado com sucos e líquidos pretos entre as coisas estragadas, torcidas, descartadas. A purificação do fogo, isso era o que eu estava buscando. Andei até a estação central e subi no trem das nove e meia.

Quando se deu a partida, fui olhando pela janela os velhos galpões oxidados, os terrenos ao longo da linha do trem, os vagões de descarte, os montinhos de pedras cinza... Zonas alambradas, espaços urbanos sem solução, com cimento quebrado e plantas crescendo entre as rachaduras. Onde pode uma mulher acender o fogo? Alguém que quer queimar uma coisa, aonde pode ir? Deixei que o trem me levasse para mais longe. A cidade foi ficando espaçada, como se se esquecesse de ser. Os descampados aumentaram. De repente, em um terreno baldio, vi um cavalo amarrado. Até onde ia esse trem? Quando já tinha passado uma hora e só se via campo ao redor, desci na estação seguinte.

Fui pelo canto de uma via e desviei por um caminho de terra lateral. Os cachorros de uma casa latiram para mim, mas não me seguiram. Me afastei. Não via mais ninguém por perto. Na lateral do caminho, juntei uns galhos secos, uns cardos, molhei um lenço de papel com acetona e ateei fogo. Acrescentei mais cardos, uns gravetos e, quando a chama já estava grande, joguei a caixa em cima e acendi um cigarro. Ela estava pegando fogo e me arrependi no último momento. Tirei a caixa e me queimei um pouco. Abri, e dela tirei o vestido. Estava um pouco amarelado na barra, mas continuava igual. Olhei em volta para ver se não vinha ninguém. Me despi rapidamente e em cima da roupa de baixo pus o vestido branco. Ainda servia. Não consegui subir o fecho das costas. Apoiei o celular no poste da cerca de arame e tirei uma foto com o timer. Uma mulher de cinquenta anos, vestida de noiva, fumando ao lado de uma fogueira no meio do campo. Nunca mostrei essa foto para ninguém.

Tive a tentação de ser a louca do vestido, voltar de trem com o vestido de noiva no corpo, gritando pelos vagões, aparecer assim na porta do homem covarde duas décadas depois. Mas sou silenciosa. Tirei-o, vesti outra vez as minhas roupas e joguei o vestido sobre as chamas. Ele ardeu como se estivesse esperando esse fogo desde o dia em que o pus na caixa, quando o pai do meu filho decidiu, no último momento, que não queria se casar. Sem pressa, deixei que ele se tornasse cinzas. Depois, com um pedaço de pau, desfiz a fogueira e voltei para a estação.

A velha que boia

Minha mãe gostava desta ilha. Veio com uns amigos quando era jovem. E sempre me falava de como eram as pessoas daqui, das praias, da vila de pescadores, das baías secretas onde se pode ver o pôr do sol. A ilha era como uma luz azul, celeste, que ficara guardada em sua memória para sempre.

Depois ela morreu, depois me casei. Propus vir para a ilha na lua de mel, mas meu marido não quis. Depois perdi dois bebês, depois me separei, depois me graduei como tradutora, depois me arrancaram um peito, depois me arrancaram o útero. Aos cinquenta e três, vim à ilha pela primeira vez, e fiquei.

A princípio, eu era a argentina. Assim me chamavam. Distribuí folhetos de curso de mergulho, fui recepcionista no Village Paraíso, garçonete em vários restaurantes, fiz faxina, cuidei de crianças, fui vendedora em lojas de lembrancinhas… Fiz de tudo, em temporada alta, em temporada baixa.

E nunca deixei de entrar, ao menos uma vez por dia, no mar. Faço sempre igual. Deixo minhas sandálias, a canga e minha chave na beirinha e entro no mar até onde não dá pé. E aí boio. Todos os dias. Às vezes com chuva. E se der para ser ao meio-dia, melhor.

Boio de barriga para cima, flutuo. Não mais de cinco minutos. Deixo de ter peso, respiro. Feito uma rede, o mundo me balança com seu ritmo amável — a respiração das ondas —, me faz subir e descer e volta a me fazer subir, me lava daquilo que não quero ser.

O sol em minhas pálpebras fechadas faz brotar flores coloridas, como um caleidoscópio de formas circulares, umas mandalas de luz e sangue. O que são? Devem ter uma explicação anatômica, científica, mas as sinto e as vejo como esferas de paz cor-de-rosa nas quais me deixo naufragar.

Entrego meu corpo cortado, mutilado, minhas cicatrizes, ao mar, à mãe Iemanjá; aqui estou eu para quando ela quiser me levar, lhe digo sem falar. Depois saio da água, de volta à minha rotina.

Uma tarde, atravessando os bares atrás do porto, reparei que os garçons olhavam para alguma coisa no mar, alguém tinha visto um jacaré, diziam, e tentavam adivinhar o que era que se enxergava na água. Escutei um deles dizendo: Deve ser a velha que boia. Na hora não entendi. Até que um deles me viu, então trocaram cotoveladas e seguraram a risada. Depois, sim, entendi. Eu já não era a argentina, era a velha que boia. Doeu ouvir "a velha", claro, mas uma vez digerido o golpe, adorei o apelido.

Sou a velha que boia e continuo aqui. Somos poucos os que ficamos. Muitos vêm e vão, alguns vêm por um tempo maior, mas voltam à Bahia. Os meninos crescem e também vão embora, para trabalhar nas refinarias de Camaçari. Um turista ou outro acaba ficando, passa dois verões, e a pobreza começa a roer, então ele se desespera, se enraivece, e regressa derrotado à sua cidade. Não sabem boiar.

Por aqui passaram amantes meus também, amores, amorecos, dois coroas adoráveis. Mas também não sabiam boiar. Dentro d'água me solto de suas mãos, seus cheiros, suas fúrias.

Agora já faz tempo que não ando de frisson com ninguém. Melhor assim. Vinte anos que estou aqui. Aluguei o ponto da livraria, e dei o nome de A Velha que Boia. Vendo mais lembrancinhas que livros, é verdade, mas vendo algo todo dia, e não tenho chefe.

Ao meio-dia, fecho a loja e me meto na água, me entrego ao sol e às vezes falo com minha mãe, dizendo: Mamãe, olhe, aqui estou eu na sua ilha, foi você que a encontrou para mim, aquela mesma que você guardou para sempre na memória, fui contagiada pela luz, e aqui estou, sou a velha menina que boia na luz de seu seio, em minha cicatriz, olhe, mamãe, não vou mais a médicos, me sinto bem e às vezes até acho graça em pensar que outros verão o mar, que tudo vai continuar brilhando, mesmo depois, quando eu já não estiver mais aqui.

A entomóloga

Alguma coisa aconteceu quando tingi meus cabelos de vermelho. Comecei a ser chamada de A Vermelha. Não sou ruiva natural, mas, com a cor, algo se ressaltou em mim. A afirmação de uma aura sexual, talvez. De repente os homens começaram a se entusiasmar e a falar comigo; nos barzinhos cool, nos bares abarrotados de trintões barbudos em pleno happy hour, de cineastas melancólicos, publicitários ex-músicos, universitários com misteriosas bolsas de estudos. Por um ano, investi em ter todo o sexo que quis ou que pude, e à medida que passava o tempo, por puro tédio, comecei a criar uma lista dos estilos sexuais dos indivíduos. Estas são algumas categorias:

O DJ. É um clássico. Ele não pula na cama antes de encontrar a trilha sonora da sua performance. O DJ crônico é capaz de sincronizar os movimentos pélvicos com o ritmo da música. Conheci um que se gabava de resistir por um disco inteiro do Nirvana. Nunca comprovei o fato. Alguns se distraem quando o Spotify muda o estilo, então precisam interromper tudo para voltar ao mesmo gênero. Têm playlists de sexo preparadas. Se você subir em cima deles e se balançar no compasso certo, poderá ficar gravada a ferro e fogo em seu coração melômano.

O pornô star. É extenuante. Por alguma razão, ele demora em finalizar e, nesse longo ínterim, quer fazer todas as poses em todos os ambientes. Dourando as gradações da confiança, assume posições de *quarterback* de futebol americano, pisando sem cuidado no colchão que você acabou de comprar. Um baita papelão. Pode ser bom para uma noite de fome acumulada, mas no dia a dia você vai acabar pedindo pelo amor de Deus para alguém disparar um dardo tranquilizante nele.

O matutino. É madrugador. Na noite anterior começou a babar no travesseiro às dez e meia, bem quando você estava se sentindo maravilhosa e conectada com todas as constelações do prazer. E agora, quando você acorda atropelada pela noite ruim, quando já está atrasada e tem ganas de uivar feito um vampiro no sol, o camarada desperta entusiasmado, bem-disposto, cheio de vontades.

O martelo pneumático. Também chamado coelhinho Duracell. Tem uma só velocidade. É como um motor que trabalha sempre e a todo vapor. Não conhece os matizes, a intensificação, os platôs, os paroxismos, a calma que precede a tormenta. É veloz e eficaz. Alguém o convenceu de que é bom de cama e não há maneira de fazê-lo abandonar essa pressa que lhe dá tanto orgulho.

O incomodado. É um pouco diretor de cinema. Sempre está propondo os mínimos ajustes. "Um pouquinho mais para lá... Aí, perfeito." Ou "Espera, que tem alguma coisa pinicando as minhas costas". É muito visual. Não consegue começar sem ter acertado bem o assunto das luzes: a do quarto apagada, mas a da sala acesa e com a porta entreaberta. Conhece os teus melhores ângulos e pede por eles; em pleno ato, diz: "Vamos lá, olhe pra mim". Não gosta do coito de abraços cegos, e sim das posições que permitem os planos abertos. É um *freak* com os barulhos. Um rangido na cama, e ele diz "corta". Um celular que atrapalha o deixa com um azedume a semana inteira.

Esses são apenas alguns dos estilos sexuais masculinos que observei até agora. Não é preciso esclarecer que existem homens que se enquadram em várias categorias, ou que alternam de categoria numa mesma noite ou ao longo dos anos. Desde que comecei a classificá-los, passei a me divertir muito mais. Eles não suspeitam que esta ruiva tem arquivos minuciosos e que, mal se despede na porta, os põe num catálogo como uma entomóloga que crava um inseto no isopor.

Filmagens

Ela está parada ao lado da cama de casal, com a arma na mão. Está sozinha no quarto, vestida. É uma mulher bonita, de uns cinquenta anos, os cabelos compridos até os ombros, uma parte branca com mechas grisalhas e outra parte escura. Parece estar esperando e escutando com muita atenção. Ouve-se o barulho de chaves. "Sarah? Sarah, amor, você está aí?" Uma voz masculina vem da entrada. "Sarah, está em casa?" Ela, em silêncio, ergue a arma e aponta para a porta fechada. O quarto é bem iluminado, com alguns quadros modernos e uma mesinha com porta-retratos de família. Pela janela se veem árvores. Ela, refinada e elegante, está com um casaco escuro. Seu pulso não treme. Não pestaneja. Aponta, tensa, com os dois braços esticados, em posição de tiro. A trava gira. Ouve-se: "E... Corta!". Vemos toda a equipe de filmagem no quarto. Ela abaixa a arma, aliviada, e sorri. A diretora lhe dá os parabéns. Repassam algum trecho do roteiro. Olham a tomada recém-feita no monitor e decidem que têm o que precisam; ela está liberada. Pergunta a alguém da equipe se seu carro já chegou. Dizem que sim, e no provador ela prende os cabelos, troca de casaco e de sapatos. Sai da casa onde estão filmando. Entra na parte de trás do carro que a está esperando e parte.

Agora o carro entra na cidade. Ela vai enviando algumas mensagens do celular, de repente lhe chega uma e ela responde sorrindo. Olha pela janela, indica ao motorista onde parar e desce em uma esquina do centro. Caminha meio quarteirão e, olhando muito discretamente por sobre o ombro, entra em um edifício e toca a campainha no porteiro eletrônico. Sem que ninguém pergunte nada do outro lado, ouve-se o sinal sonoro da porta e ela entra. Em cima, um homem jovem, de uns vinte e cinco anos, abre a porta do apartamento. Beijam-se, abraçam--se, riem. "Como foi a filmagem?", ele pergunta. "Depois te conto", ela diz. "Me faz um chá?" Na cozinha, ela tira o casaco e, enquanto a água é aquecida, ele a abraça por trás. Beija--lhe o pescoço. Ela se vira, começam a tirar a roupa. A água ferve. Fodem na mesa. "Seu sem-vergonha lindo", ela diz. Ele lhe aperta o pescoço até ela ficar vermelha. "Corta, perfeito", diz uma voz de homem. Outra equipe de filmagem na cozinha. Câmeras, o boom do microfone, luzes. O casal se separa, ele a ajuda a se levantar. Entregam, para cada um deles, um roupão, para que se cubram. "Te apertei com muita força?" "Não", ela diz. Ele se troca em um dos quartos do apartamento, se despede, pega o elevador, tira sua bicicleta da garagem e vai embora pedalando.

Chega cansado a um local que é uma galeria de arte. Prende a bicicleta do lado de fora e entra. Cumprimenta um homem calvo, alto. Discutem porque ele chegou tarde. O homem diz que ele não pode ter dois trabalhos, ameaça demiti-lo. "Para você, é mau negócio me demitir", diz o jovem, "quem vai te ajudar a encobrir as suas transferências e comissões misterio-sas?" O homem não responde. O jovem abre a porta do alça-pão, nos fundos do lugar, e começa a descer para o depósito alguns objetos embalados. O homem alto fecha silenciosa-mente a porta da galeria com chave. Simula que acomoda al-guns pacotes e, quando o jovem dá as costas, empurra-o com força e o faz cair pelo buraco do piso. "Corta", diz uma voz. O jovem reaparece na escada. Tem um set no local. Pergunta se não é preciso fazer outra vez, mas o diretor diz que não. O homem alto se despede, sai à rua, entra no carro estacionado e se afasta dirigindo. Chega até uma casa no subúrbio. Estaciona e entra com suas chaves. "Sarah?", ele diz. "Sarah, amor, você está aí?"

Os dois corpos de Ferreira

Seu Ferreira diz que tem dois corpos. Apresentou-se à consulta psiquiátrica na segunda-feira passada. Aparentava estar muito angustiado, com alguns traços de delírio, paranoia profunda e uma série de tiques nervosos, como um tremelique em uma das pernas. Seu relato era o seguinte: numa manhã de sábado, ele notou que uma pinta em sua omoplata esquerda tinha desaparecido. Tirou a roupa, olhou as costas no espelho e a pinta, que, segundo diz, tem uma pequena protuberância, não estava mais lá. Achou estranho, mas não deu muita importância a isso.

Tocou o dia normalmente e ficou surpreso por se sentir tão bem. A dor crônica que tinha nas costas havia desaparecido, ele caminhava de forma mais ereta, com muito mais energia. Durante o almoço, sua mulher o olhava de um modo novo e, durante a sesta, foi ela quem o procurou com beijos e carícias. Treparam como havia anos não faziam, com força, com desespero, com espanto mútuo. Ela o olhava nos olhos, procurava pelo olhar dele e voltava a abraçá-lo como se tivesse recuperado um ardente namorado da juventude.

À noite ele foi tocar com sua banda no bar. Seu Ferreira toca violão e garante que nunca havia conseguido tocar como nessa noite. Parecia ter uma perfeita memória física da técnica, dos ritmos, das escalas. Coisas que sempre lhe saíam com dificuldade fluíram como nunca nessa noite. Várias vezes ele repetiu a expressão: "Eu era a música". Cada canção não era algo com o qual tinha que manter o tempo, mas era ele mesmo quem produzia esse tempo. E seus colegas de banda notaram a diferença e lhe deram os parabéns. Ele diz que nessa noite foi dormir impressionado, intrigado e com uma placidez que desapareceria por completo na manhã seguinte.

A primeira coisa que fez ao acordar foi procurar a pinta, e ela estava lá. Todo o peso de antes voltou, a dor nas costas, a angústia no peito. Ele se sentiu em outro corpo. Sua mulher, rejeitando-o com a mesma doçura assombrosa de antes, lhe pediu que fizesse o café. Ferreira tentou tocar o violão como no dia anterior, mas seus dedos se atrapalharam no instrumento. Ele não disse nada a ninguém. Apenas viveu com a suspeita de que alguma coisa estranha havia acontecido. Provavelmente, de acordo com sua imaginação mais paranoide, fizeram alguma coisa com ele quando realizaram uma colonoscopia invasiva que demandou anestesia geral. Sua fantasia o leva a acreditar que o clonaram, que fizeram uma réplica de seu corpo.

Ele garante que há dias em que amanhece nesse corpo novo. São dias nos quais aproveita que sua mulher não o rejeita, aproveita para fazer música, nadar. Sente uma expansão vital, uma dispersão de endorfinas e entusiasmo. Acha que sua mulher sabe desse intercâmbio físico que fazem nele, mas não diz nada. Nos dias em que ele está com o corpo anterior, nota que ela fica impaciente, um pouco enojada, como que esperando que chegue a substituição. Ferreira amanhece no corpo novo sem nenhum motivo, nem lógica, nem frequência estável. É algo que simplesmente acontece em alguns dias. Por um tempo ele conseguiu aceitar isso sem questionamentos, como um presente. Mas aos poucos começou a sentir o contraste; cada retorno a seu corpo anterior era mais assustador.

Agora se pergunta o que fazem com seu corpo original quando ele está no novo. Onde o guardam, como fazem a substituição, quem são os responsáveis e para que fazem isso?

Seu corpo é devolvido cada vez mais deteriorado, mais cansado, mais arruinado. Ele aparentava estar muito agitado e nervoso durante toda a consulta. Ferreira insistiu em mostrar sua pinta nas costas. Pediu que acreditassem nele. Queria tirar a camisa. Receitaram ansiolíticos, recomendaram terapia para tratar seus delírios paranoides, mas ele nunca mais voltou.

Banheiro compartilhado

Eu poderia ficar assim e deixar que tudo seguisse seu curso. Sei que existem decisões grandes, mas também o corpo vai escolhendo. O corpo sabe de coisas que nós nem sequer desconfiamos. O animal que somos sabe muito mais. Decide. Inclusive a história do camping foi assim. Delia e Filipa propuseram que fôssemos acampar. Eu tinha tomado vinho quando fizeram a proposta, achei que fosse ser divertido e acabei caindo num programa ridículo: irmos como mochileiras, nós três, à praia próxima a Indaiá. Aos trinta e três anos! Como mochileiras!

Odeio acampar. Odeio mochila.

Fomos parar em uma pousada perto da praia, onde se podia montar a barraca no jardim. Tínhamos acesso a um banheiro compartilhado no térreo e à cozinha comunitária. Na primeira noite, não dormi. A barraca era para duas pessoas. Nós três tínhamos que dormir meio de lado para caber. Filipa roncava um pouco. Me bateu uma angústia. O tapete de ioga não aplanava os desníveis da grama. Eu estava sobre um formigueiro, algo duro que sobressaía. Impossível.

Cada vez que eu ia ao banheiro, olhava o único quarto que havia ali no térreo, olhava a cama. Nela dormia um garoto, um hóspede. Teria lá seus dezenove anos. Ele deixava a porta aberta. Os pais e as irmãs dormiam nos quartos de cima. Mas ele estava sozinho ali embaixo. Um quarto com cama grande, wi-fi, ar-condicionado e tomadas onde carregar o celular! Notei que ele me olhava quando nos cruzávamos. Tímido e lindo. Musculoso, de olhar límpido. Como você se chama? Marco. Oi, Marco, meu nome é Cynthia. Às vezes Marco pegava o violão do salão comum e tocava sozinho, cantando em voz baixa em uma espreguiçadeira na outra ponta do jardim. Não ia à praia. O tempo todo pedia desculpas. Cada vez que nos cruzávamos, meio que nos esbarrávamos no corredor estreito. Desculpa, Desculpa. Um dia pedi emprestado o carregador de celular dele e depois o deixei em cima da cama. Outro dia entrei apressada para fazer xixi na volta da praia e ele estava tomando banho. Desculpa, desculpa, eu disse, não olha.

Na terceira noite em que eu estava na barraca sem conseguir dormir, me deu vontade de chorar, pensei em voltar sozinha; tentei dormir no carro. Havia mosquitos. Estava ficando sufocada. Fui ao banheiro às duas da manhã e cruzei com Marco na escuridão. Eu disse: Marco, preciso dormir em uma cama, só ocupo uma ponta, se não te incomodar. Acho que ele não entendeu, até que me viu entrar no quarto. Foi o meu corpo que entrou ali. Marco ficou parado e depois fechou a porta. Durmo só um pouco e depois vou embora, sussurrei. Está bem, ele disse, descansa. Sua ternura e a cama macia e o frescor do ar-condicionado — tudo isso me fez chorar. Era como se alguém me abraçasse. Acho que por ser bem-educado ele quis me consolar pondo a mão nas minhas costas. Em um instante foi como se um ímã tivesse sido instalado. Nos grudamos. Fazia uns seis meses que eu não saía com alguém. O sem-vergonha sabia beijar, sabia transar. E parecia tão caladinho. Ele estava sem camisinha. Eu disse que estava tomando pílula, mas não era verdade. Foram três noites assim. Tínhamos que ser ultrassilenciosos, porque o quarto dos pais dele ficava bem em cima. Transávamos e dormíamos e voltávamos a transar. Eu escapulia cedo, entrava no banheiro, voltava para a barraca e fingia que nada tinha acontecido. A gente se cumprimentava ao se cruzar durante o dia sem sequer sorrir. Minhas amigas sabiam, mas ninguém mais suspeitou de nada. A mãe dele me olhou meio feio, mas por pura intuição, sem provas.

Isso foi em fevereiro. Dois meses, e não desce. Posso dizer que ele foi um doador, ou algo assim. Melhor ter um bebê sem um homem pesando na minha vida. Que tudo siga seu curso. Quem sabe nem faço o teste. Que cresça em mim. O corpo sabe. Eu sempre quis ter um filho.

Fotos roubadas

Nesta foto consegui captar uma coisa sua. Sim, diz Vanessa. Porque eu tirei sem que você percebesse. Ele mostra a foto para ela impressa em formato grande, em papel. Ela está na sacada, olhando ao longe, com o cenho franzido, sem perceber que a lente a mira. Um gesto bem seu, mas que desaparece assim que ela nota a câmera. Quando vê a câmera, ela se torna luminosa e sorridente. Seu lado algo obscuro e secreto fica difícil de ser captado. Ele só conseguiu captá-lo nessa foto que tirou sem avisá-la. Gianni, você me prometeu que não vai postar as minhas fotos no Instagram, né? Sim, ele diz, prometido. Não postei nenhuma, relaxa.

Tem também outra foto que tirou dela sem avisar. Nunca mostrou a ela. Num amanhecer, ele a viu dormindo nua, de bruços, e viu como pequenos círculos de sol filtrados pela persiana iam subindo por seus pés. Então pôs o celular de lado, como se estivesse carregando no parapeito da janela, pôs no modo vídeo, em time-lapse, e saiu do quarto para não atrapalhar. O resultado — visto um tempinho depois, quando ela se levantou — foi deslumbrante. As linhas de círculos perfeitamente geométricos iam subindo por seu corpo nu.

Fazia pouco tempo que Vanessa tinha se mudado para o apartamento dele em Pinheiros. Estavam bem instalados ali. Tiveram uma faxineira que ia uma vez por semana, mas como roubou dois mil dólares que Gianni tinha escondido em umas caixas de foto, Vanessa a despediu e agora estavam procurando outra. Gianni estava feliz morando com ela, enternecido com sua juventude, sua beleza constante. Ela assumia um papel meio decorativo, tomava café com um pé em cima da cadeira, abraçando a perna, mexendo no celular como se estivesse preocupada, e quando via que ele a estava olhando, sorria docemente. Não sabia nada sobre ela. Apenas o que ela tinha contado: que era filha única, que nasceu em Minas, onde viviam seus pais. Ele a conhecera em uma sessão para a Revlon; as fotos dela afinal não foram selecionadas, mas ele entrou em contato depois por conta de um trabalho para uma linha de xampu. Saíram juntos, foram para cama no estúdio dele. Ela foi ficando.

Gianni não tinha família no Brasil. Nascera em Milão, tinha trabalhado na Europa como fotógrafo durante anos. Aos trinta e cinco viajou a São Paulo para uma campanha de perfumes e desde então ficou. Primeiro na Vila Madalena, agora em Pinheiros. Isso já fazia dez anos. Seus namoros duravam poucos meses. Quando percebiam esse lado de homem fossilizado, imperturbável, afundado em suas rotinas de trabalho, que não queria viajar (estava cansado de bater perna), nem sequer ir ao cinema, que no máximo ia a um restaurante uma vez por mês, contrariado, as namoradas terminavam com ele. Gianni parecia um tipo blindado. Como se vivesse em um desses estojos pretos que acondicionam suas lentes e câmeras.

Obcecado por essa natureza quase infotografável de Vanessa, uma tarde, assim que ela sai, decide segui-la de carro para tirar fotos dela pela rua, sem ser notado. Segue o ônibus em que ela sobe. Pouco depois, a vê descer na Santa Ifigênia. Na porta de uma loja, cumprimenta um homem parecido com ela, talvez seu irmão. Gianni para o carro e tira fotos sem baixar a janela. Vanessa está com o cenho franzido, seu verdadeiro rosto revelado. Parece discutir com esse homem. Ela tira um rolo de notas do bolso. Dá ao homem. Aparece uma mulher com um menino no colo. Sacodem os braços em um diálogo cheio de fúria e repreensões. Vanessa solta toda uma bateria de gestos que Gianni nunca a tinha visto fazer. Quase não a reconhece. Tira uma última foto e vai embora.

Modos de dormir

Esta coreografia lenta de duas pessoas dormindo. Ficam quietas por um tempo, de repente uma se mexe e se mexe também a outra, em uníssono. Os corpos sabem, parecem dizer: agora giramos para lá. Passam outro longo tempo imóveis, respirando, e dizem: agora giramos para este outro lado. Dormem e vão adquirindo distintas posturas, compondo cenas mudas. Comunicam-se como sonâmbulos, com ciclos telepáticos.

Dormi com duas mulheres na minha vida, diz João. Com duas mulheres entrelacei os meus sonhos e a minha vida inteira. As duas tinham estilos completamente diferentes de dormir e me contagiavam com eles.

Uma delas tinha um estilo bastante dramático. Adquiria posturas expressionistas, os cabelos compridos na cara, o corpo em uma torção forçada, a camisola como que tremulando de noite na estepe, um estilo europeu, algo psiquiátrico, um pouco Pina Bausch, um pouco sofredor, digamos, braços estirados em uma mesma direção, com algo de gesto último e desesperado, árvore invernal de galhos arqueados pelo vento, fugindo ou alcançando alguma coisa, imóvel, derrotada e lutando em um lamento mudo. Seu lado B dava um pouco de medo. À noite ela dormia como uma louca e de dia era a pessoa mais lúcida do mundo. Lógica, e sempre com um sorriso. Eu dormia com ela, arrastado pela correnteza de um pesadelo, o pijama desarrumado, a angústia no peito oblíquo, deslocado. De dia éramos felizes.

Minha outra mulher, ao contrário, estava mais para cochilo tropical depois do almoço. Mais terrestre, derramada no peso do calor. Tocando a terra. Seu grande quadril dourado era o protagonista central da cama, ali no meio, feito um pêssego gigante que parecia orgulhar nós dois. Ela dormia como uma leoa voluptuosa, calma, desfeita na paz do reino, nem uma mosca voava, sua coxa sobre a minha coxa, o sono profundo e imperturbável. Ela dormia assim, inocente e serena durante toda a quietude da noite, e de dia era uma mulher atormentada, intratável e temível. Voavam pratos com ataques de choro e barbitúricos mal prescritos. Vivíamos ambos como fios desencapados, sofrendo.

Talvez eu esteja adornando um pouco a história para produzir algum efeito, diz João, mas a verdade é que eram mesmo assim os meus modos de dormir. Não sei que conclusão tirar, porque eles tampouco tinham correlação com a sexualidade delas, não é que uma fosse fria e a outra quente. Me refiro a algo mais secreto, porque a intimidade sexual não é nada comparada à intimidade do sono. O gesto único e íntimo de mergulhar nas profundezas do sono. Existe uma confiança tão grande em abandonar-se ao lado do outro, em baixar todas as guardas, estar completamente vulnerável; existe uma entrega aí que não se repete em nenhuma outra circunstância da vida.

Algo se imiscui em um nível muito primário quando dormimos com outra pessoa. Algo que não se desata nunca mais, e ainda que essas duas pessoas se separem, ficam os sonhos do outro enredados em nós, verdadeiras raízes emocionais. Em um divórcio pode-se fazer a divisão de bens, mas nunca de sonhos. Afinal, os corpos repetiram essas coreografias noite após noite, dois animais respirando juntos, cuidando um do outro, contagiando-se com seus comportamentos involuntários, sincronizando-se. Dois corpos que se alinharam ao espaço da cama, se conjugaram em suas formas, em uma espécie de

Tetris de apenas dois blocos. Dois corpos encaixando-se em suas articulações para caber no retângulo do colchão. Joelhos contra joelhos, dois esses grudados, como corredores congelados se perseguindo, como nadadores paralelos, como amantes paraquedistas flutuando no sonho, caindo juntos com os olhos fechados.

O amor invisível

E o amor invisível, o que não se vê? Existe? Sim, é o que mais existe. O outro, o visível, o registrado, sempre pede algo em troca, é moeda para outra coisa. O invisível é o que vale. Não entendo. Você viu as fotos do telescópio novo? Saíram no jornal. Ampliaram um ponto do céu do tamanho de um grãozinho de areia, e só nesse ponto se veem galáxias e galáxias infinitas. Não há ninguém no Universo, nascemos sozinhos nesta pedra enorme. Ninguém nos vê. E no entanto você se levanta, toma café, quer saber o que acontece, cumprimenta o vizinho, trabalha, cozinha para si ou para alguém mais, pendura a roupa que pôs para lavar... Sem testemunhas. Ninguém vê. Somos o único olho. Inclusive quando você trata bem a si mesmo, isso é amor invisível. As câmeras do seu reality show pessoal nunca estiveram ligadas. Mas o amor que eu sinto vai morrer comigo? O que acontece com todo esse amor quando eu já não estiver aqui? Dissipa-se? Apaga-se como vela no vento? Não sei. Eu só tenho perguntas. Mas você faz canções. Todas as minhas canções são perguntas.

Escrever sempre é um pouco indigno, porque torna visível o invisível. A palavra às vezes nomeia o que não se sabia que estava ali, mas também eclipsa, crava bandeira de conquista em zonas que não estavam demarcadas, instala um *eu* autoral, um *estive aqui*. A palavra abre caminhos, mas também impõe sua marca. E uma pessoa já nasce toda nomeada, cada membro do seu corpo tem nome, cada dobra dos seus órgãos, cada emoção e reação e dúvida moral que tenhamos já está julgada de antemão pela linguagem na qual nascemos. Já está redigida a sentença de todas as crianças que serão concebidas nesta noite. Por isso gostei das fotos do telescópio espacial: não havia ninguém ali, não havia palavras. O espaço é o amor ainda sem nomear.

Você está dizendo uma coisa qualquer. Bom, suponhamos... O seu cachorro, ele fala? Não, mas late. Mas não fala. E, no entanto, a forma como te recebe quando você chega, a forma como se põe ao seu lado quando sabe que você não está bem, a forma como comemora as carícias e quando você se joga com ele no chão, isso tudo não é amor? Acho que sim. E é amor sem palavras. Amor sem A nem M nem O nem R. É amor invisível. Acho que você está confundindo invisível com inominável. Talvez sim. Mas o que não se vê e o que não se diz está escondido em um mesmo lugar. As palavras são olhos, que veem, tocam e capturam. Os olhos do telescópio. Olhos que só veem recordações, porque essas estrelas, essas nebulosas e galáxias estão tão distantes que já não existem. A luz é sempre uma recordação.

Você está sentencioso hoje, como se soltasse aforismos. Eu me referia a algo mais concreto. Por exemplo, estou viajando, um homem bonito me faz uma proposta clara, eu poderia passar a noite com ele sem que ninguém ficasse sabendo, mas lhe dou um sorriso e digo que ele é muito atraente, mas que já tenho namorado. Ninguém ficou sabendo, vou dormir sozinha. Isso foi um ato invisível de amor. Vale, conta, computa-se a meu favor de algum jeito? Ou quando eu morrer Deus vai me dizer: *Pus um homem bonito na sua frente, a oportunidade perfeita para gozar a vida naquela noite, e você deixou escapar?* Deus não existe, o que existe é a linguagem, esse Juízo Final dentro do qual você nasceu. Ninguém vai te julgar fora da linguagem.

Ao menos é o que eu acho; já fiquei confuso. Mas estou certo de que ninguém vai te julgar. Bem, então se ninguém vai me julgar, me abrace e me dê um beijo, que você ficou muito astronômico e transcendental, e as estrelas não estão lá longe, estão aqui. Onde? Aqui, poeta, aqui.

A canção conjugal

Às vezes tem-se a grande sorte de encontrar uma linda sucessão de acordes. Com nonas e sétimas maiores, e algum acorde que permite modular outra escala e por onde se abre uma passagem, uma fita de Möbius musical na qual você está do outro lado, mas na verdade é tudo o mesmo lado, a mesma canção. Você tem esse loop, que é como uma viagem mental, uma montanha-russa que te afasta e te traz de volta, repetidas vezes. E digo isso porque acredito que, no nosso amor, você e eu chegamos a esse lugar onde a repetição é sempre distinta e ao mesmo tempo um grande prazer, porque é o esperado, mas com as variações do puro presente.

Vamos ver se consigo explicar direito; isso é apenas uma intuição. Quero dizer que você e eu nos conhecemos há tantos anos e convivemos há tanto tempo que estamos em um loop, mas esse loop, se alguma vez foi assim, já não é asfixiante. Somos uma sucessão de acordes bem encaixados, que combina harmoniosamente as tensões, as surpresas, a satisfação do já conhecido, as variações. Funcionamos bem. Isso levou tempo, é verdade, mas agora nos estabilizamos. Temos momentos obscuros, acordes menores e tristes, eles existem e os fazemos soar, os manifestamos e os atravessamos, até chegar do outro lado.

Posso passar horas com uma linda sequência de acordes. Tem algo de meditação. Porque desaparece o diálogo mental.

É um estado em que o tempo se dissipa e resta somente o tempo musical, o ritmo. E essa é outra coisa que fazemos bem juntos, o ritmo. O ritmo diário de agendas gerenciáveis, com coisas para fazer, mas não impossíveis nem saturadas, e também o ritmo dos planos a longo prazo. O que podemos fazer, o que teríamos que ir planejando. Antecipação sem ansiedade. Acho que a pandemia nos sincronizou. Eu antes cuidava da casa, mas não tanto como agora. Agora esfrego os banheiros. Eu não fazia isso antes, nunca. Agora às vezes cozinho todas as refeições do dia, cuido do ciclo inteiro da roupa, desde colocá-la para lavar, para secar, dobrá-la e guardá-la. A pandemia nos deixou independentes e nos igualou. Antes você fazia mais tarefas da casa que eu, e além disso tínhamos ajuda. Agora simplificamos. A casa não está tão limpa como antes, mas nós dois cuidamos de tudo. E essa casa de acordes, onde nos entendemos, é nosso espaço, onde continuamos crescendo.

Que péssima reputação tem o amor conjugal. E, no entanto, no fim, quase todo mundo o procura. Monogamia, exclusividade sexual, segurança afetiva, refúgio, intimidade compartilhada. Quantas coisas dessa lista podem dar errado. Vamos nos arranjando mais ou menos bem. Pela primeira vez em anos vejo luz no fim do túnel. Esse momento é menos narrativo, isso lá é verdade, há menos coisas para contar nesse romance. Porque é sempre melhor, para a história, ter um conflito. Conflito, confrontação, tensão, explosões, colapsos, crises homéricas. A grande e dolorosa destruição de um casal sempre dá uma boa história. Por algum motivo as pessoas param para olhar as demolições na rua, mas não as construções. Observar a grande bola de ferro atingir justo a coluna que ainda suportava o peso da estrutura e ver como tudo desmorona num estrondo. É realmente uma maravilha. Em compensação o esforço gradual de ir escorando algo que cresce aos poucos não enche os olhos. Mas é musical.

Qual é a música do amor do tempo que estamos juntos, meu amor? Como é a canção de tudo o que passamos? Como soa essa melodia na saúde e na doença? E os acordes de te sentir dormindo ao meu lado. E o ritmo de nossos corações se abraçando na noite.

Teresa me tira o sono

Teresa me tira o sono, diz meu irmão. Eu o vejo devastado pela insônia, acelerado, quicando uma perna. Ela me tira o sono de verdade, diz ele. Não é que fico pensando nela; o que não consigo é dormir a seu lado porque ela me tira o sono feito um ímã que arranca meus sonhos, rouba meus sonhos. Meu irmão sempre pinta com ideias esquisitas, mas, dessa vez, além disso, vejo que ele não está bem, parece paranoico, meio delirante e esmagado pelo mundo. Diz ele: estamos casados há quinze anos e isso nunca tinha me acontecido. Justo agora que estamos bem, ambos com trabalho estável, recuperando o carinho na cama, e que Maia está feliz na escola com as amigas, nós três com saúde… Tudo melhor impossível, e aparece isso.

É como se Teresa fosse um reator que absorve todo meu descanso, diz ele. Eu me deito esgotado a seu lado e a escuto dormir imediatamente. Desmaia lá com seu sono e vai tirando o meu. Fico assim, alerta ao lado dela horas e horas, pensando em mil coisas negativas todas ao mesmo tempo, com imagens no meu cérebro que se sobrepõem umas às outras numa velocidade de circuito elétrico, com ruídos na minha cabeça feito estalos, como curtos-circuitos cerebrais, como se alguma coisa encostasse num cabo de alta tensão. Ela dorme sem despertar, doze horas inteirinhas, das nove da noite às nove da manhã. É muito, digo a meu irmão. Claro que é, ele responde, são horas minhas! É meu sono roubado!

Digo a ele que pode tomar algo para dormir, que precisa descansar. Então meu irmão começa a elaborar umas teorias conspiratórias sobre os laboratórios norte-americanos, que querem reformatar nossa cabeça para que a inteligência artificial nos domine por completo, que não devemos tomar nada químico, porque o sistema neural é modificado... Meu irmão está feito um fio desencapado como eu nunca tinha visto. Não consigo acalmá-lo. Ele treme com a xícara de café, olha a todo momento para os lados. O barulho de uma bandeja que cai no chão do bar o sobressalta. Sutilmente digo que ele está delirando, que pare de tomar café, que faça exercícios físicos. Eu faço exercícios, ele grita, fico esgotado, mas me deito ao lado dela e não durmo. Qual a explicação disso, hein? Ele quer ir embora. Quer pagar a conta, caem os documentos e os cartões da carteira no chão; ele recolhe tudo balbuciando alguma coisa que não entendo e sai sem me dizer tchau.

Fico preocupado com ele, pensando em Teresa como um parasita que rouba o descanso alheio. Será que ela rouba os sonhos também? Será que ela está sonhando os sonhos do meu irmão? Dias depois Teresa me telefona desesperada. Me diz chorando que meu irmão brigou no trabalho; ela o viu tão enlouquecido entrando e saindo de casa, que pôs o localizador no celular para seguir seus deslocamentos. Nunca fiz isso, mas estava muito preocupada, e agora vejo que ele está num hotel aqui perto. Tenho medo de que ele se mate, venha comigo buscá-lo, diz ela. Eu duvido. Chego a pensar que meu irmão pode estar com outra mulher. Tudo me cheira mal. Pego um táxi.

Encontro Teresa no saguão do hotel. Está falando com o recepcionista. Ninguém responde, diz o homem com o fone na mão. Vou subir, diz Teresa. Não pode, senhora. Ele vai se matar, diz ela desesperada, vai se jogar pela janela. Por favor, nos ajude, digo ao recepcionista. Ele pega um cartão e sobe conosco no elevador. Batemos na porta, mas ninguém responde.

O recepcionista aproxima o cartão e destrava a porta. Deixem que eu entro, digo a eles. Com o coração na boca, entro então devagar. Não enxergo nada na escuridão do quarto. Abro um pouco a cortina e o vejo na cama, sozinho. Ele levanta a cabeça. O que você está fazendo aqui?, me pergunta. O que *você* está fazendo aqui? E com uma voz serena e quase sussurrada, ele responde: Estou dormindo, irmãozinho, estou dormindo.

Nunca choro

Nunca choro, choro muito pouco, mas choro nos sonhos. Choro a cântaros, com soluços e espasmos, percorrendo construções enormes, com escadas e recantos, choro com uma dor que preenche todo o espaço, como se fosse a arquitetura do meu pranto que vai se erguendo por onde passo. Meu choro erige corredores, salões, rampas, curvas, pontes e teatros. Lugares vazios pelos quais passo chorando. Uma vez sonhei que nesse perambular do choro eu tinha que interpretar Hamlet e de repente se abriam as cortinas, e o que eu pensava que era um ensaio diante de uma plateia vazia era a estreia, a primeira sessão, todo o público ali olhando e eu ainda sem saber o texto, mas chorava e caminhava entre as pessoas, chorava tão bem que as convencia de que a obra era assim, e me seguiam por escadas, falavam entre si, formavam grupos, procuravam tragos, e a obra se dissolvia na realidade e já não se sabia qual era o limite da ficção, se eu continuava atuando ou simplesmente era um ator que um momento antes encarnava um Hamlet mudo e chorão. Tenho muito talento nos sonhos. Sobretudo para desfazer situações horríveis. Na vigília, nem tanto.

Mas eu queria falar do choro. Porque posso contar nos dedos de uma mão as vezes que chorei dos dezenove aos vinte anos até agora, que tenho muito mais. Chorei quando me separei da minha primeira namorada. Chorei quando morreu meu amigo. Chorei quando nasceu meu sobrinho e estava contando à minha namorada como ele era pequenino. Lembro que estávamos sentados na cama dela, em sua casa, e lhe mostrei com os braços como era mínimo o meu sobrinho, e quando fiz o gesto do quão pequeno ele era no meu braço, abriu-se uma torneira de choro que eu não conseguia explicar, mas acho que senti pela primeira vez a esperança de algum dia ter um filho. Anos depois nasceram meus filhos e isso me fez chorar.

Quero dizer, é o amor o que me faz chorar. Nunca a dor. Nunca a contenda. É o amor erguendo-se sobre a dor, abrindo passagem através da fúria. Porque quando morreu meu amigo foi pensar nele, na sua risada e nas viagens que fizemos juntos, o que me fez chorar, a paisagem de toda a nossa amizade. Não a ideia impossível de que não ia voltar a vê-lo. Isso não se pode entender. Foi o carinho o que se fez de vaso comunicante com a nossa água, o mundo líquido do coração, o simples fato de nos amarmos. Água doce, água salgada das lágrimas.

O amor é estranho porque não sabemos o que é. Porque é nossa parte ondulante, furtiva, invisível, incontrolável. É uma zona que não conhecemos, mas está sempre lá. O que acontece é que às vezes acho que a bloqueamos para seguir em frente, porque é preciso ir de um ponto ao outro, atravessar o dia, a cidade, a semana, o mês, é preciso seguir, e embora esteja ali oculta a água verdadeira da força, ainda que o sol de alguém saia sempre deste lado do mar, embora essa seja a única maré que nos rege, de todo modo a bloqueamos, a ocultamos para que não se note tanto, para que não se veja, para que pareça que somos pedra.

Há coisas demais dissolvidas na água da palavra amor: carinho, cuidado, amparo, contenção, paciência, e também desejo, prazer, audácia, esperança, valentia, loucura, e também aliança, cumplicidade, verdade, mistério, e também confiança, companhia, união... Muitas ideias para uma só palavra. Ninguém sabe bem que caralho é o amor. Só sabemos que às vezes nos faz chorar.

Rede de redes

Você pensou que as "redes sociais" têm esse nome porque são uma megaestrutura de comunicação, mas na verdade se chamam assim porque você fica preso nelas feito um peixinho. Não consegue mais escapar. A aranha da sua angústia teceu uma enorme teia. Como foi mesmo que você acabou a noite passada, às duas da manhã, chorando e com vontade de morrer, olhando as fotos do seu amor da adolescência de férias com o marido e os dois filhos?

Vamos passo a passo.

A angústia já estava aí. Você só estava escondendo bem. Achou que aquele tinha sido um dia bom, e talvez tenha sido mesmo. Algumas coisas no trabalho deram certo. Você conseguiu finalizar alguns assuntos, começar outros, sair sozinho para almoçar numa terça-feira de sol, sem ninguém te interromper nem falar com você: apenas o prato do dia e seu livro. A tarde também fluiu bem, com um chá, alguns telefonemas, arquivos em ordem, uma leve dor no pescoço e, quase sem olhar o relógio, chegou a hora de voltar para casa. No apartamento, o seu gato, as suas plantas e um pouco de roupa para lavar. Tudo quieto, tudo calmo. Onde a angústia estava escondida, então?

Depois de jantar, você abriu a caixa de pandora do seu laptop. A deriva da web. Foi fácil cair nos caça-cliques das notícias de violência nos jornais. Uma policial que matou um ladrão.

A forma como o corpo do rapaz desaba no ângulo filmado pela câmera de segurança. Um ciclista atropelado por um trem. Atenção, imagens sensíveis. Como se vulneráveis fossem as imagens, as que devem ser protegidas. O vídeo era interrompido um segundo antes de o trem passar por cima dele. E dentro do seu cérebro acontecia o acidente. A sua cabeça deu continuidade ao movimento do trem e imaginou a morte. Você matou o ciclista.

Você quis deixar as coisas mais leves passando à flutuação do Instagram. Dois seguidores novos, desconhecidos. Coraçõezinhos voadores na corrente sanguínea. Mas você apertou o ícone da lupa de busca. E ali a sua angústia continuou escolhendo coisas. Porque não é que as imagens provoquem angústia, e sim a angústia é que provoca as imagens. A angústia clicou na foto daquele rapaz, a do "antes e depois" da dieta e do ano de treinos. E caíram sobre você seus anos de sobrepeso na escola, voltou o bullying, que na época ainda não se chamava assim. Antonio Sosa te batizando de "leitão" para sempre no recreio da manhã. A risada dos outros. Vinte anos depois, ainda doem. Você é um sujeito magro, e mesmo assim a ferida permanece.

Você dá enter na flecha giratória para atualizar o feed e chegam novas variantes dos seus traumas, feito uma máquina caça-níqueis, que pode te alimentar até a morte. Ataques de animais, operações de nariz que deram errado, problemas de acne... O monstro da sua angústia já quase inflado, adubado, deixado de lado, mas ainda não satisfeito por completo. Falta o golpe de misericórdia. A armadilha está à espreita na foto desta garota de cabelo cacheado. O algoritmo genético dos belos cachos vai te dar a pancada.

Você já clicou antes em uma foto assim e o grande deus digital sabe muito bem disso. Ele volta a te oferecer, com alguma variante. Abre-se um mar de garotas de vinte anos de cabeleira elétrica, belas medusas, reels de possíveis atrizes protagonistas do filme da sua vida, quando partiram o seu coração. Elas são bem parecidas com aquela namorada do último ano do colégio. E já que está ali, você procura o perfil dela, outra vez, uma vez mais. Lá está. Casada, feliz, com seus cachos presos, na praia, real, rindo, de biquíni, sem você, tomando uma cerveja com o marido, abraçando os dois filhos, todo aquele destino acontecendo diante dos seus olhos na madrugada.

Por que você está chorando? O seu amor ainda está aí, no peito, brilhando intacto.

A professora particular

Eu estava jogando fora uns papéis velhos para não continuar carregando isso pela vida em mais uma mudança e, em meio à dispersão de caixas e pastas, apareceu o caderno. Foi como se ela me aparecesse naquele momento. A permanência dela em meu sangue voltou feito uma onda. Minha mulher e meus filhos passavam por mim me perguntando coisas, pequenas decisões. As toalhas a gente põe nas caixas grandes ou nas pequenas? Não tinha que ter descongelado a geladeira antes de mudar de lugar? Não conseguia responder. Segurei entre as mãos aquele caderno como se fosse a única coisa que salvaria do fogo.

Nas páginas riscadas estava sua caligrafia, seus números e frações, suas fórmulas químicas, suas frases, como "retículo endoplasmático liso". E a letra já era ela mesma sentada na cozinha de seu apartamento minúsculo, me dando aulas particulares, sentada enquanto abraçava um dos joelhos, com um pé descalço, a sandália no chão, o pé nu. Ela, com uma camiseta e um short, os cabelos meio presos, tentando me fazer entender uma equação. Uma quantidade de informação científica que entrava por um ouvido e saía pelo outro, porque a verdadeira ciência universal era ela comendo uma maçã diante dos meus olhos, a forma como seus dentes cravavam-se na fruta e, com um ruído crocante, davam uma mordida e deixavam a marca da dentada. Seus dentes brancos. Eu tinha dezenove anos e achava que queria estudar medicina. Estava iludido, mas a fascinação pela minha professora particular me fez esticar mais um tempo a grande mentira.

Eu ia mal em tudo. Meu destino como médico começava a evaporar. Tinha vergonha de ir à faculdade. Às vezes ficava na cantina. Meus colegas de classe avançavam feito um batalhão, se juntavam para estudar, dominavam conceitos que eu ainda desconhecia. Estava ficando para trás, mas saber que teria minhas aulas particulares às terças e às quintas me dava um pouco de vida. Ela me abria a porta com pequenas variantes: shorts de ginástica, legging preta, camiseta, top, cabelos soltos, coque se desprendendo, com óculos, sem óculos, às vezes simpática, às vezes falando ao telefone com uma fúria contida contra o namorado. Esses telefonemas a levavam a fechar-se no banheiro para que eu não escutasse: você é um idiota, eu não disse isso, disse que me senti maltratada, você me ignorou a festa inteira e ficou lá falando com aquela vagabunda, como se eu não existisse.

Querida professora particular, se você fosse a minha namorada, eu jamais te faria se sentir sozinha em momento algum, muito menos numa festa, onde daria a vida para te ver sorrir ao meu lado, te ver se divertindo, irradiando, entre todas as pessoas, a energia da sua beleza e do seu carisma. Eu a via sair do banheiro com os olhos vermelhos. Desculpe, ela dizia, vamos ver biologia hoje? Sim, eu pensava, e vamos ver a química do amor, as alterações microcelulares do meu coração insuflado e vermelho, vamos ver como fervem os meus hormônios quando observo os pelos do seu braço anotando alguma coisa no caderno, vejamos os estragos que a oxitocina e a dopamina fazem na minha corrente sanguínea quando, com calor, você prende os cabelos, e seu pescoço é todo feito de beijos imaginários, e olho rápido as suas axilas, que ficam gravadas no fundo desamparado da minha frustração sexual. Você está me ouvindo, Chico? Ela não me chamava de Francisco, me chamava de Chico.

No último dia em que a vi, ela abriu a porta com a cara derretida de tanto chorar. Dessa vez a briga com o namorado parecia ter sido feroz e definitiva. Eu disse oi. Você está bem?, perguntei, e ela desatou a chorar no meu ombro. Fiquei imóvel. Depois abracei sua cabeça, lhe dei um beijo na bochecha para que não chorasse mais; ela respirou fundo e de repente nos demos um beijo profundo e desesperado.

É proibida a entrada de estranhos

Um dia, ao voltar do trabalho, Laura nota que tem um novo vigia em seu edifício. Cumprimenta-o. Deve ter uns trinta e cinco anos. Magro, de bom porte, um pouco descomposto, como que cansado ou vulnerável, talvez. Quando comenta o fato com seu namorado, com quem mora, ela não diz que gosta do vigia, diz "vou com a cara dele". E depois, quando já sabe o nome dele, diz: "Vou com a cara do Gonzalo". Gonzalo trabalha apenas no turno da tarde e é muito cuidadoso ao guardar os pacotes das editoras que mandam livros para ela. Ele os entrega todo orgulhoso, como se tivesse ficado o dia inteiro esperando Laura voltar do trabalho. Com o passar das semanas, começam um diálogo sobre os livros e sobre quem os envia. Acontece que Gonzalo gosta de ler, então Laura vai lhe emprestando livros. Ele vai devolvendo uma semana depois; às vezes comentam a respeito, às vezes não. Gostam em geral dos romances de amor. Ele mora com a mulher e uma filha, longe; sempre leva uma hora e meia para chegar. Às vezes lê no trajeto.

Um dia de muito calor, Laura o vê do lado de fora do edifício, falando com uma policial. Uma morena de boca grande, olhos delineados, trança preta e brilhante, uniforme justo, coturnos… Um combo magnético completo. Várias outras vezes os vê conversando na calçada. A policial está encarregada de vigiar essa região de escolas privadas. Sobre o que conversam? Nesses diálogos, que ela testemunha à distância e de passagem, Laura o vê sorrir para a policial como nunca tinha visto antes. Algo na gestualidade desse homem se manifesta diante dela, se evidencia. São pessoas reais, pensa Laura. Ela não se sente real. Sente-se transparente, feita de palavras, de ar, de escrita. Eles dois não, eles são de carne e osso. Protegem a classe média trabalhadora que teme por seus filhos, por sua segurança. Ela os observa com fascinação. Por causa do jeito que se procuram, se oferecem um cigarro, do jeito que ele se põe meio em pose de boxeador contando alguma coisa, do jeito que ela a cada tanto mexe a cabeça fazendo sua trança chicotear, Laura entende que esses dois sentem um desejo louco um pelo outro.

Passa o verão, chega a pandemia. Gonzalo pede permissão e começa a ficar algumas noites para dormir na portaria, onde tem um colchão, porque o trajeto para o trabalho se torna muito difícil. O outro vigia não consegue chegar, então ele cobre os dois turnos. Numa manhã, Laura cruza com a policial no térreo do edifício. Desata-se em sua mente uma bomba sexual. Esses dois estão passando uma lua de mel impressionante, pensa. As fantasias esgueiram-se por debaixo da porta. Parece vê-los, sentir o cheiro deles, os imagina, pensa neles, procura policiais mulheres em páginas pornô, cria um fetiche novo, com uniformes e tranças e dominação. Numa noite, desce para ir a um quiosque e escuta uma gargalhada de mulher que vem do fundo do corredor do térreo, perto do aquecedor de água. Uma gargalhada aberta, feliz, descabelada.

No grupo do condomínio circula uma mensagem delatora e paranoica dizendo que há pessoas estranhas passando a noite no edifício. Mas as mensagens param por aí, porque um dia Gonzalo quase não sai da portaria e no noticiário falam de uma policial que foi morta na periferia. E é ela. Laura a reconhece nas fotos; tinha um filho e morava com a mãe. Foi morta por uns garotos que tentaram assaltá-la e, embora estivesse com roupas civis, eles a reconheceram como policial porque a conheciam do bairro. Gonzalo não fala. Não pede mais livros. Os olhos dele estão vermelhos. Laura quer abraçá-lo e levá-lo para o fundo do corredor e deixá-lo chorar em seu peito e sentir suas lágrimas de pessoa real.

Ali sentado

Ele ainda deve estar tentando entender o que aconteceu. Através dos jorros de água que caíam pela divisória de vidro do boxe, eu o vi fumar vestido, sentado na tampa do vaso sanitário, olhando para mim. Era a imagem de um homem derrotado. Não sei se o erro foi meu ou não, mas sei que desde aquela minha vitória, a partir daquele banho redentor, pude seguir em frente. Não sinto pena do Victor. Eu o quebrei. Precisei fazer isso. Ele sempre me olhava, babão, do outro lado do aquário do seu escritório. Notava se eu estava mais ou menos maquiada, se vestia outra vez o conjunto azul que ele sempre elogiava. Ocupávamos uma posição parecida. Eu, secretária, ele, vendas. Ganhávamos a mesma coisa. Ele era "o bonzinho", o amigo, o abutre disposto a esperar décadas para cair em cima de mim num momento de fraqueza. Fazia-se de ouvinte, de confessor, e eu lhe contava as minhas idas e vindas com "o homem casado".

Assim o chamávamos, em código. Nunca lhe disse que se chamava Júlio. E sim, era verdade, Júlio era casado, nos encontrávamos em segredo, sempre na surdina. Eu estava apaixonada pelo Júlio, pelo Audi dele, pelo cheiro de couro do Audi dele, pelo fim de semana ultraclandestino em que fomos à praia. Estava apaixonada pela ternura com que falava da filha, mas também pela história sobre a rachadura que punha em perigo a relação dele com a mulher. Por essa rachadura, entrava luz para mim. Júlio dizia que estava cansado dela. Acreditei em tudo. A velha ladainha de que a separação era iminente. No dia seguinte de algum encontro com Júlio, eu saía para almoçar com Victor, ou para fumar na escada, ou para tomar uma cerveja no fim da tarde, e ele me escutava contar tudo, me aguentava com sua cara de testemunha, de eterno suplente, resignado a ouvir as histórias dos que pareciam realmente atuar na vida. Tinha algo de inofensivo, o Victor. A cada tanto mencionava sua namorada, mas nunca me mostrava fotos. Uma vez os vi juntos no cinema, um pouco mais adiante na fila. Era uma moça magrinha, com cara de tristeza italiana.

No dia que Júlio me disse que não podia me ver nunca mais e me bloqueou nas redes sociais, fui tomar uma cerveja com Victor na saída do trabalho. Contei o que tinha acontecido. Disse tudo com um sorriso, fingindo já ter superado, mas desmoronei. Pedi um táxi e ele se ofereceu para me acompanhar, porque disse que estava vendo como eu estava mal. No caminho, chorei em seu ombro, e ele me abraçou. Secou as minhas lágrimas, me deu um beijo na bochecha. Não chore, minha linda, ele disse. Me olhou nos olhos e me beijou na boca. Meio que tentou um beijo de língua, mas eu o freei. Quando chegamos em casa, me disse: Quero subir. E eu o deixei subir. Me beijou no elevador, na porta, me apertou com uma fome desesperada. Eu estava em carne viva e o deixava avançar. No sofá, fomos arrancando a roupa. Ele quis apagar a luz e fechar as cortinas, mas eu disse que não, que deixasse tudo aberto e a luz acesa. Os vizinhos da frente podem nos ver, ele disse. Não tem problema, respondi. Fomos para a minha cama e no quarto também acendi a luz. Ele ficou um pouco inibido, mas estava decidido, atirou-se em cima de mim, quase sem poder acreditar que, depois de quatro anos me desejando todos os dias no escritório, finalmente ia dormir comigo. Como você é linda, repetia várias vezes. De repente, perguntou: Tem camisinha?

Eu disse: Chega. Não vamos fazer nada. Emudeceu. Vou tomar um banho, falei. Posso tomar banho com você?, perguntou. Melhor não. Se veste, por favor, eu disse. E foi assim que tomei banho enquanto ele fumava, de roupa, sentado no vaso sanitário com a tampa abaixada, me olhando. No dia seguinte, pediu para mudar de setor na empresa e não voltamos a nos cruzar.

No terceiro dia

Foi salvo por um milagre, diziam. Na UTI do andar térreo, o paciente ferido à bala estava inconsciente. Era vigiado por um policial na porta e o tinham algemado à barra de proteção lateral da cama. A dra. Souza estava acompanhando sua evolução desde que ele chegou, com grande perda de sangue, uns dias antes. Notou o alvoroço silencioso das enfermeiras no pós-operatório e até a frequência inusual com que a jovem freira beneditina entrava na UTI para rezar por ele junto à cama. Certa manhã a surpreendeu rezando, aproximou-se devagar e viu que a freira estava quase roçando a ponta dos dedos no braço do paciente. Quando a freira abriu os olhos, sobressaltou-se. O Senhor se manifesta de maneiras insuspeitas, disse, e com o olhar convidou a médica a contemplar a enorme tatuagem de crucifixo que o rapaz tinha no peito. Parecia uma tatuagem feita na prisão, com tinta preta e traços duvidosos. O lençol ficara enrolado, cobrindo-lhe a virilha e, assim, amarrado à cama, ele emanava algo de Jesus Cristo, quase sobrenatural.

O policial da porta perguntou quando a médica achava que ele ia despertar, e a dra. Souza exagerou. Uma recuperação como essa leva muito tempo, ela disse, ele não precisa ficar assim, amarrado. É perigoso, disse o policial. A médica trocou algumas palavras com a chefe da enfermagem e saiu. Já era meio-dia. Procurou o carro no estacionamento do hospital e foi embora para casa, dirigindo. Saiu da rodovia, passou pela cancela de segurança, pelos muros perimetrais e entrou em seu éden privado, seu jardim verde, sua casa com piscina. O marido a esperava com uma grande salada de endívias. Enquanto almoçavam, ele lhe sugeriu que fossem para a cama e que ela se atrasasse um pouco para ir à clínica onde trabalhava na parte da tarde. Mas ela não quis, disse que o turno da manhã no hospital tinha sido muito pesado. Por que você ainda insiste nesse hospital público?, te pagam mal e você fica exausta. Não vou ter essa conversa de novo, disse ela, e não quis nem olhar para o marido. Porque o viu de um modo que ele não podia nem sequer desconfiar. Tão rosado, tão frágil, tão indefeso e perfumado, com suas calças cáqui preguedas e seus óculos e sua carteira e seu iPhone e seus sapatos Hush Puppies que ela mesma tinha dado de presente. Viu-o tão distante do pistoleiro baleado pela polícia, tão distante desse tipo fibroso, calejado, mestiço de mil mestiçagens, endurecido no cimento da mais dura crueldade do mundo, imortal, crucificado, temível. Não disse nada.

No que estava pensando a dra. Souza quando se levantou da mesa, quando se trocou e partiu para o consultório da clínica particular? O que foi que girava em sua cabeça e a distraía em plena conversa com os pacientes, que contavam sobre viagens e cirurgias programadas? Sempre tinha conseguido conciliar bem esses dois mundos distantes: de manhã, os pacientes com feridas de bala, cortes de brigas à faca, pancadas dadas por um bêbado mau; à tarde, os acidentados de equitação, kitesurf, hóquei. Agora sentia que tinha ficado presa na fronteira, no meio, sem estar em lado nenhum. O plano foi ficando claro em sua mente e à noite já tinha se decidido. A barra de proteção da cama hospitalar podia ser desparafusada, e ela sabia como. E podia deixar roupas masculinas escondidas entre os lençóis, e a janela podia já estar entreaberta, e o policial podia, quem sabe, se dar conta tarde demais de que a cama tinha ficado vazia.

A metade escura

Escrevam nos comentários as coisas irritantes que seus namorados ou namoradas fazem, ela diz. Está fazendo uma *live*, sentada em uma poltrona, muito bem iluminada por um aro de luz branca que forma uma fagulha digital, um círculo mínimo na íris, o que lhe dá uma aparência de ciborgue. Está penteada e maquiada, com ar de boneca, os cabelos vermelhos, sardas pintadas, as pernas cruzadas com meias listradas e salto agulha em frente do tripé do celular. Sustenta um sorriso frio e está rodeada de bichos de pelúcia, com os quais vai conversando. Deve ter uns trinta anos. Atrás, na parede, há um cartaz de neon rosa que diz *Love Yourself*, com um coração atravessado por uma flecha que faz uma curva e volta a perfurá-lo. As pessoas deixam comentários e ela lê um por um. O meu ex andava descalço e o roçar dos pés secos dele no chão me dava um treco, alguém diz. Que horror, ela responde. Outro diz: A minha namorada esvazia as forminhas de gelo e não enche de novo. *Red flag*, amigo! O meu namorado se faz de desentendido quando a gente tem que cozinhar. Termina com ele agora mesmo!

Ela, que se apresenta como LYS (Love-Your-Self), dá conselhos sobre as vantagens de se morar só. Fala sussurrando bem perto do microfone e às vezes apoia na trama metálica do mic as unhas esculpidas, fazendo um barulhinho hipnótico: Não tolerem esse tipo de coisa, amigas, amigos. Parecem detalhes, mas isso tudo torna a vida um inferno. Para que ficar negociando o que comer, a que horas, qual série ver, para onde sair? Se dar bem consigo mesma é o que importa. Onde está a Kitty?, queremos ver a Kitty, diz um comentário. Kitty está no veterinário porque estava com um pouco de dor de barriga, diz Lys. Amanhã ela está de volta. Às vezes acho que vocês gostam mais da Kitty do que de mim, ela diz com uma gargalhada que se apaga rápido. Acariciando o veludo da poltrona, olha-se enaltecida no enquadramento cinematográfico e diz: Já falamos uns dias atrás da chama, do cuidado que temos que ter com essa chama interna, esse fogo secreto, e de como devemos fazer com que isso seja o seu guia... Que barulho é esse?, alguém pergunta em um comentário. Lys olha para cima. É o meu vizinho, que é um *freak*, e às vezes bate no chão para eu ficar quieta. Shhh!, ela diz levando o dedo indicador aos lábios. Por isso é que às vezes eu falo sussurrando com vocês.

Lys exibe presentes que chegaram, abre pacotes, rasga embalagens, mostra caixas de maquiagem, pincéis, cremes, escovas. Agradece; chovem coraçõezinhos na tela; ela experimenta batons de várias cores em um primeiríssimo plano de sua boca; passa rímel; pisca a centímetros da lente do celular. De repente ouve-se de novo o barulho das batidas. Vou ter que deixar vocês, porque o meu vizinho de cima está meio nervoso, ela explica. Amo vocês! Lembrem-se de que na bio está o link para todas as coisinhas que quiserem comprar, e podem me perguntar qualquer coisa, e é só me pedir um oizinho que eu mando. Amo vocês! Bye!

Encerra a gravação e seu sorriso desaparece, como se uma sombra pousasse em cima dela. Levanta-se e passa para a metade escura do ambiente, pisando em roupa espalhada, pilhas de caixas abertas, sacos rasgados. Tropeça em algo e no susto se apoia em uma mesa da qual caem pratos sujos. Começa a xingar. Entra no cômodo ao lado. Uma mulher velha prostrada, com uma muleta na mão, bate na parede e a olha exorbitada. Como você alcançou a porra da muleta?, ela grita enquanto a arranca num puxão. A mulher emite um gemido. Já vou!, já sei!, grita Lys. Vai até a cozinha e tira do freezer uma ampola. Verifica se o líquido não está congelado e prepara uma injeção. Dentro do freezer, em um saco transparente, está sua gata morta.

Entre homens

Eu me apaixono muito pelos meus amigos homens, diz Gabriel na terapia. Sinto como se fosse uma paixão muito forte. Um ímpeto. Quando estou indo encontrar um amigo, me bate um entusiasmo difícil de explicar. No começo do mês abriram a fronteira e eu dirigi por dois dias para ver os meus amigos. Mil e setecentos quilômetros. Não os via fazia tempo, por causa da pandemia. Dois dias no volante, em estado de graça, atravessando campos cultivados, prados com vaquinhas ao fundo, ou com aqueles rolos de grama amarela, milharais, soja, lugarejos, garoa, sol, caminhões, árvores passando para trás, a toda velocidade. Ia feliz dirigindo sozinho ao encontro dos meus amigos, contente porque ia vê-los. Encontrar o Fabio, o Cuco, o Tiago, o Nico. Meus amigos, com barba, cabelos brancos, calvos, com pança, meus amigos, velhos como eu, lindos. Eu amo os meus amigos e não tenho medo de dizer isso.

Ele faz uma pausa. Fica calado por um tempo. Depois diz: A experiência cotidiana tinha se tornado algo muito pequenino, coisas diante do meu nariz, a tela, o Zoom. Quase dois anos com a vida acontecendo apenas na tela. Isso me fez mal. De repente pegar a estrada, atravessar os grandes espaços... Foi como ressuscitar. Dirigi tranquilo, porém rápido. O céu ia mudando. Nuvens dispersas no fundo azul e de repente uma tempestade que passou por cima de mim sem chuva e depois o entardecer gigante e rosado. O carro respondia bem. Chorei de felicidade dirigindo. Eu ia ver os meus amigos.

Quando cheguei, os abraços. As risadas. Nos encontramos na casa do Tiago. Ficamos todos para dormir lá. Dormi com ele na cama grande. Não aconteceu nada, diz Gabriel, esclarecendo, um pouco desconfortável. Quando estávamos dormindo, o Tiago pôs a mão no meu ombro e disse "Que bom que você veio, amigo", e eu repliquei "Não toque em mim na cama, que me dá uma coisa", e nos borramos de tanto rir. Eu o escutei roncar, como nos verões da infância (o filho da puta já roncava aos onze anos). Eu o escutei roncar e dormi mal, mas estava ao lado do meu amigo outra vez, então não dei importância para isso. Não tenho vontade de acariciar os meus amigos, ele esclarece, nem de que eles me acariciem, não sei, de um jeito tipo... Digo, não quero... Não é... Não quero trocar fluidos com eles, Gabriel diz, rindo. Mas eu gostaria de passar a mão pelo cabelo deles, por exemplo, lhes apertar a nuca. Como se faz com um filho. Eu agarro meus amigos, sim, aperto-os contra mim, ombro com ombro, mas gostaria de abraçá-los mais.

Nós assistimos a *Get Back*, o documentário dos Beatles. Tiago pôs no projetor e dava para vê-los ali, gigantes. Os Beatles jovens. Paul brilhante, barbudo. Era como estar com eles, como se fôssemos os convidados de um ensaio longo. A forma como Paul e John se olhavam cantando e se entendiam com meio-sorriso. Caras adultos ainda brincando como moleques. Que maravilha, embora desse para sentir que a ruptura da banda estava próxima, ali ainda estavam os quatro, tocando. Nós também improvisamos um pouco. Tiramos as teias de aranha de umas canções velhas que nunca chegamos a gravar. Nos divertimos. E entramos na piscina. Concurso de bomba, de barrigada. Vinho com água com gás e gelo. Acho que estive no paraíso por dois dias inteiros. Não apenas com os meus amigos, mas também com os Beatles, de quem parecíamos todos amigos. Ali, projetados na parede do Tiago, eles às vezes tinham o mesmo tamanho que o nosso, ou ficavam maiores, feito deuses.

Eu gosto dos homens, ele diz por fim. Gosto dos caras. Vou começar a falar isso, sem me sentir obrigado a esclarecer nada. Nunca beijei um homem. Não tenho fantasias. Muito poucas. Teria que ser um nadador olímpico, assim, meio sem pelos, para me dar vontade de tocar. Os meus amigos são muito peludos e estão velhos como eu. Mas são tão lindos!

Adrián e Eva

Eles se conheceram quando estudavam desenho industrial. O professor formou grupos de três alunos para um trabalho prático, mas o terceiro nunca apareceu. Ficaram eles dois: Adrián e Eva. Acharam graça do eco bíblico da combinação de seus nomes. Reuniam-se na casa dele, na avenida Pereyra. Nos dois primeiros sábados, projetaram e redigiram o conceito dos móveis de jardim que deviam apresentar. No terceiro sábado, já estavam na cama. Foi assim: ele estava sério, concentrado, focado. Ela estava esperando em vão por algum tipo de reação ou avanço da parte dele. Como nada acontecia, Eva passou o pé pela perna de Adrián, como se ali, naquele ponto cego, debaixo da mesa da cozinha, ambos pudessem confessar ser os animais despudorados que eram. Adrián primeiro ficou mudo e estático, depois pegou o pé dela, tocou sua perna, meteu-se debaixo da mesa e se afogou entre as coxas de Eva. O famoso fruto proibido do paraíso.

A metade da minha laranja, eles diziam, brincando. E tudo transcorreu bem nesse amor. Mas Adrián tinha um irmão ligeiramente mais bonito. Ligeiramente mais alto. Ligeiramente mais robusto. Era como um fantasma, só que bem-apessoado. Um figurante de cinema que passava ao fundo, chegava fora de hora, dizia um oi rápido aos apaixonados e saía de repente com roupa de futebol. Quando o semestre terminou, Eva conseguiu um trabalho de secretária, Adrián passou a dar aulas na faculdade e eles alugaram juntos uma casa que exalava um cheiro ruim vindo do encanamento, mas com espaço nos fundos para um ateliê onde ele poderia por fim ajeitar suas ferramentas e fabricar móveis, sem que o barulho da serra incomodasse muito os vizinhos. Aos poucos, a casa foi crescendo: uma bicama que ele mesmo fez à mão, uma geladeira, uma mesa nova, um violão, diferentes jogos de cadeiras, um sofá vermelho usado, livros de design e um gato epiléptico chamado Bansky.

Quando já estavam morando juntos havia mais de um ano, Bansky sofreu um ataque às duas da manhã. Eles não tinham a medicação em casa e tentaram telefonar para uma clínica veterinária que estivesse aberta. A clínica não fazia entregas. Na urgência, como o celular de Adrián estava sem bateria, ele pediu o de Eva, ela o desbloqueou e lhe estendeu. Ele fez o pedido pelo aplicativo de entregas em domicílio. O endereço mais habitual era o da casa da avenida Pereyra, onde seu irmão ainda morava. E lá estava o histórico de pedidos de Eva: champanhe, preservativos, sushi... Adrián a confrontou e Eva não pôde negar. Em algum momento daquela noite, Bansky morreu. E como o acaso é um roteirista cruel, entre lágrimas e despeito, um líquido escuro e malcheiroso que começou a sair por todos os ralos da casa os pegou de surpresa. Dejetos de esgoto saindo para a superfície.

O gato morto foi parar no freezer, dentro de um saco. Eva foi embora na mesma madrugada, chorando, sem conseguir se explicar. Adrián ficou sem dormir por dois dias. Não se mexia dentro de seu ateliê. Apagou a conta conjunta no Instagram, onde ambos mostravam os melhores ângulos da casa, de seus corpos e do bicho de estimação. Procurou a serra elétrica e começou a trabalhar. Quando, uma semana depois, Eva voltou para buscar suas coisas, Adrián não estava. Ela notou algo estranho, uma espécie de serragem por todos os lados. Apoiou sua bolsa na mesa e a mesa se partiu em duas, da mesma forma as cadeiras. Estavam cortadas ao meio. Eva foi encostando em todas as coisas e tudo desmoronou em duas metades: o sofá vermelho e a cama, o violão e os livros, e cada uma das frutas. Apenas a geladeira estava inteira.

O meu Golias

O meu Golias anda por aí, dando voltas pela casa. Meu soldado gigante. Já o vejo meio ofuscado, ensombrecido por alguns dias de abstinência que lhe vou impondo com evasivas. Dias em que não quero, e ele quase nem pergunta nada, ele percebe, porque eu, nessas noites, uso o que secretamente chamo de "o pijama dissuasivo". Um pijama de tecido grosso, meio áspero do lado de fora, que comprei numa emergência, em uma viagem na qual fez muito mais frio que o esperado. Esse pijama o dissuade de tentar, de dormir de conchinha, é o pijama do não. Nunca falamos disso abertamente, mas é algo implícito. Lá se vão seis noites assim, e já o vejo como um touro embrutecido, sua cabeça pesa, não sabe o que há de errado com ele.

Ontem consegui fazer com que ele consertasse várias coisas. Aquela porta da despensa que estava frouxa. Quando ele estava saindo do banho, soltei um grito na cozinha. O que aconteceu? Ele veio alarmado. Esfreguei a lateral da minha cabeça. Essa maldita porta da despensa, eu disse. Vou consertá-la, ele disse. Sim, mas quando, amor? Faz semanas que você está dizendo isso. Bem, agora conserto. Então começou a fazer isso, com suas ferramentas. Eu não tinha batido a cabeça coisa nenhuma, mas funcionou. E sei que quando ele pega a caixa de ferramentas tenho que aproveitar. Que sexy o meu *handy man*, eu disse ao vê-lo atarefado com a chave de fenda, e passei a mão por suas costas, por debaixo da camiseta. Por aquelas costas de animal que ele tem. E ele adorou; o gesto foi pura promessa erótica. E aproveitando, mostrando a ele uns suportes do varal, eu disse: Isso também está frouxo. E assim o fui recrutando para várias coisas que tinham que ser consertadas. Porque é uma energia que cresce dentro dele, puro desejo sexual, como um gerador elétrico que fica ligado. É preciso saber usá-lo. Faço com que a energia se acumule por meio da abstinência, e o gerador se recarrega sozinho.

Ele pesa mais de cem quilos e eu, quarenta e nove. Estica o braço e eu consigo passar por debaixo, sem que ele toque a minha cabeça. Trabalha em uma empresa de sistemas de informação, mas em casa ele é o meu jornaleiro, a minha mão de obra qualificada, o meu cuidador, o meu guardião, o meu mordomo. No sábado vou te encher de beijos, eu digo, e é como se duas espirais girassem em seus olhinhos. Ele entra em modo de hipnose e eu o faço rastelar o jardim, cortar a grama, limpar as canaletas. Falamos de datas de viagens, eu não poderia ficar três noites na casa dos pais dele, e sim uma, por causa do trabalho, é melhor que ele vá antes e eu chego depois. E ele cede. Assim negociamos outros programas na agenda, quem dos dois se encarrega do que e quem vai e quem passa para buscar e quem tem que se lembrar. Vou eu, ele diz, eu posso, não tem problema, passo para buscá-lo. Ele faz suas jogadas de xadrez, mas sempre em curtíssimo espaço de tempo, uma ou duas jogadas, para ver se consegue alguma coisa. E o deixo lançar seu movimento, que eu já tinha previsto completamente. Já tenho a partida inteira na cabeça.

Acho que ele sabe disso, o que o tranquiliza. Confia no meu plano diretor, que não é nenhum segredo: sermos felizes, sem depender de ninguém. Não é nada maquiavélico. Ter uma vida mais ou menos estável, e para isso é preciso se organizar. Nós nos completamos bem. Então no sábado, quando o meu marido já é quase um monstro sofredor, tomamos banho juntos e eu o levo para a cama agarrada à sua virilidade, e ele urra de prazer. Ele me esmaga, parece que vai me matar com seu peso, com seus músculos, com sua insistência pélvica. Toma, ele diz, toma, como se fosse sua grande revanche depois de vários dias de submissão. E eu lhe digo "Vem, meu amor, vem com tudo". É um homem forte e bonito. "Vem com tudo, minha vida." E ele grunhe, começa a desmoronar, o meu Golias, se choca contra o meu campo de força, vem com tudo, se quebra em mim feito uma onda gigante e depois fica manso, adormecido sob as carícias que faço nos seus cabelos.

Dois ambientes

Ninguém aluga o apartamento. Que estranho que não seja alugado. Um ano numa página da internet e nada. As minhas cunhadas, *que estranho*, todos, *que estranho*, *que estranho*. É bem localizado e ninguém o aluga. É iluminado, pequenininho, mas iluminado... Ninguém aluga o apartamento porque *eu* não quero que seja alugado. Finjo que quero, mas não quero. Emito más vibrações quando o mostro, vendo-o mal, exagero sobre os problemas de aquecimento, o barulho do trem, as questões do condomínio, a falta de segurança... As pessoas agradecem e vão embora. E eu fico ali um tempo, sozinha. Tiro a bateria do celular. Me deito no chão, de blusa, casaco, braços abertos, pernas abertas. Estirada no meu espaço.

Gosto de ficar sozinha. Às vezes leio sentada, as costas apoiadas na parede. Às vezes adormeço. Não há mais nenhum móvel. Apenas um telefone velho em um canto no chão, desconectado. O apartamento era da minha avó, depois foi da minha mãe, agora é meu. Dois ambientes em um bairro que costumava ser mais bonito, mas continua bom. Vivemos aqui com a minha mãe por quase dez anos. Casei, saí de casa, tive três filhos, minha mãe morreu. Demorou para que eu o esvaziasse das coisas dela. Teve um inquilino por seis meses. Um sujeito horrendo, encolhido, especialista em informática, meio roedor, feito um hamster gigante, e que deixou manchas de umidade em lugares esquisitos. Foi um alívio quando ele foi embora. O lugar voltou a ser meu.

A grana viria a calhar, é bem verdade. Mas para mim o melhor é poder ficar sozinha. Às vezes vou pegar as contas que jogam debaixo da porta. Fico por uma hora. Saio do mundo e do tempo. Ali não existem planos, nem desejos, nem medos, o passado já desapareceu e o presente não é outra coisa a não ser o meu pulso e a minha respiração. Nada de: mãe, a mochila, mãe, o aniversário da Gabi, as chuteiras, o vestido, amor, vamos pensando se para Floripa ou Cabo Polonio, bege ou verde-seco, Volkswagen ou Toyota, o que tem pra comer?, você passou no supermercado? O apartamento não é alugado e nele eu me desmonto. Nem mãe, nem esposa, nem amante, nem diretora de desenvolvimento. Nada. Sozinha nos dois ambientes do meu coração, nos dois ambientes dos meus olhos, das minhas mãos abertas, minhas pernas, meus pés, sem anéis, sem sapatos.

Às vezes me movimento, falo comigo. Ando como um zumbi, uma louca, a rainha da Holanda. Atuo para ninguém. Recordo movimentos das aulas de dança, aos quinze anos, na academia. Danço de meia-calça. Um giro, um gesto. E também posso ficar quieta e calada, se quiser, como que metida dentro de uma extensa e bonita pergunta. Longe do amor. Chega de amor. Será que ele vai pensar que tenho um amante? Não diz nada. Gosto que ele tenha dúvidas. O meu corpo é meu outra vez.

Foi difícil tirar o amor de cima de mim. Com todas as suas gosmas e crostas, vazios, dores, todas as fúrias. Longe de mim. Chega de homens me cutucando, querendo entrar em mim. Língua, pinto, dedos, culpa, fluidos, palavras, tristezas querendo entrar. O que eles procuram? O que acham que perderam dentro do meu corpo? Aqui não entra mais ninguém. Fiquem do lado de fora. Tenho a chave e tranco a fechadura com duas voltas. Algum dia talvez eu traga uma cama, uma escrivaninha, um sofá, ou talvez não.

Quero ficar em silêncio por mil anos para que se calem os ecos dos gritos e dos prantos. Os meus, os seus, os de todos.

Sem sinal, sem wi-fi, sem ondas de rádio que atravessam o sono com ruído de fritura eterna, ruído branco de conexão. Cortar todos os cabos, os cordões, os pedidos de carinho. Ouvir por fim esse silêncio que existe atrás do silêncio. Dois ambientes, dois pulmões enchendo-se de ar pela primeira vez em anos. Uma cozinha, um banheiro. Bem iluminado. Excelente localização. Nunca será alugado.

Três dias de hotel

O que aconteceu com Miguel Barão, que agora se encontra em posição fetal no hotel NH de Lisboa? Se chegou faz três dias, todo contente, disposto a tudo, à frente de seu futuro, como uma figura de proa de si mesmo, por que ficou aniquilado, escondido do mundo, com as cortinas fechadas em pleno dia de sol?

Marisa Borges, foi isso que aconteceu.

Ele foi convidado pela editora que publica sua obra em Portugal para apresentar o novo livro e dar uma conferência no museu Gulbenkian. Na mesma noite em que chegou ao hotel, recebeu uma mensagem de Marisa Borges dizendo que passaria para buscá-lo no dia seguinte. Deu um google nela. Havia várias mulheres com esse nome, mas adicionando o nome da editora, achou que a tinha identificado em uma foto. Era bonita. Foi dormir com essa vaga esperança erótica de quarentão casado.

Ele a viu chegar em um carrinho esportivo, conversível. Era um Porsche Spyder antigo. Miguel Barão ficou mudo. Marisa não era muito simpática, usava uma jaqueta de couro e tinha os cabelos presos em um rabo de cavalo mal amarrado. Ele não entendia uma só palavra do que ela dizia. Falava um português muito cerrado, indecifrável por trás do ruído do motor, do vento e da rua. Se entendeu bem, parece que iam a Sintra, que ela era a responsável por cicerोneá-lo. Miguel a observava dirigir, pôr as marchas, pegar as curvas fechadas. Algo nela o deixou fascinado e atemorizado ao mesmo tempo. O diálogo se apagou porque ficou cansativo não se entender. Ela lhe apontava coisas, dizia algo e ele assentia.

Chegou a Sintra enjoado. O palácio lhe pareceu horrível, tosco, como uma Disney alemã levada a sério. Eles o percorreram rapidamente, por ser um compromisso mútuo, e em seguida entraram no carro. Marisa tirou a jaqueta. Estava usando, debaixo dela, uma regata verde. Quando pegava a alavanca do câmbio, dava para ver os pelos de sua axila. Ela notou a curiosidade dele e fingiu que ajustava o espelho retrovisor para mostrá-los melhor. O ar se movimentava e então chegava a Miguel o cheiro dela, um cheiro forte de transpiração que arrematou seu silêncio. Estava tão acostumado a viver rodeado de mulheres depiladas que aquela axila natural o fez sentir como se tivesse visto algo íntimo, algo sexual, o púbis escuro dela.

Passou a tarde inteira no hotel sonhando acordado com Marisa. Imaginou que afundava o nariz em sua axila, ela nua na cama. Abriu o laptop, procurou a categoria *hairy* em uma página pornô. Teve que fechar tudo e tomar banho. Tentou dormir para acertar o jet lag, mas não conseguiu.

À noite se encontraram em um restaurante no antigo porto. Marisa já estava ali com Sonia, a editora, de uns trinta e cinco anos, que o recebeu com a reluzente edição de seu romance. Era um restaurante meio escuro, com poltronas baixas, onde depois se apresentou uma banda de jazz. O barulho fez com que o diálogo se rompesse e ficaram Marisa e a editora falando entre si, dividindo segredos e alguma risada. Miguel se sentiu cansado de repente e começou a bocejar. Marisa disse "Quer ir para o hotel?", e ele aceitou, sem entender se havia algo de erótico na proposta. Despediu-se da editora, que ficou ali sentada.

Marisa o levou ao hotel dirigindo a toda velocidade, sem dizer uma palavra. Deram a volta na praça do Comércio fazendo os pneus cantarem. Miguel se segurou forte na maçaneta da porta e entendeu a pressa dela. Sonia a esperava de volta no restaurante. Em poucos minutos o Porsche cravou os freios na frente do hotel, Miguel desceu. Faltou pouco para que ela lhe desse um chutinho para fazê-lo descer do carro. Marisa Borges acelerou sem se despedir e se perdeu na noite. Miguel Barão só voltou a sair do hotel para apresentar o livro e dar a conferência.

Ponta e Luiz

Pô, disse Luiz, e a cachorra se levantou do ninho de cobertores num salto feliz. Seu nome foi sendo encurtado. No começo, quando chegou, ainda filhote, lhe puseram Ponta, porque gostavam, ele e a esposa, da piada em código sobre o passado de maconheiros de ambos. Depois ficou Pon, e então apenas Pô. Desceram de elevador. Ponta e Luiz davam as costas a seus duplos idênticos no grande espelho, em silêncio, do décimo primeiro andar ao térreo. Saíram do edifício, atravessaram a avenida costeira e Ponta enfrentou a galopes as dunas em direção ao mar. Minha longa caminhada de corno, pensou Luiz. E estava bem com isso.

Antes de chegar à orla, pegou um graveto de um monte de galhos e arbustos secos. O mar estava calmo, havia sol e soprava um vento frio. Tinham que caminhar, os dois, fazer exercício. Desde que fora castrada, a cachorra tinha engordado. E Luiz também. Passara a comer mais desde a vasectomia. O grande roteirista do mundo atrasou a castração de Ponta porque o veterinário tinha ficado doente e, no fim, a cirurgia acabou coincidindo, com apenas um dia de diferença, com a vasectomia de Luiz. Ficaram os dois em repouso. Luiz na cama, cuidado por Silvia e seus chazinhos. Ponta se transferira, de seus cobertores na cozinha, para o quarto com ele. A cachorra nunca tinha subido na cama. Mas alguma coisa nessa convalescência os irmanou.

Até então Luiz não tinha prestado muita atenção na cachorra. Era mais um capricho de Silvia, que era a responsável por alimentá-la e levá-la para passear. E agora, em compensação, estavam sempre juntos. Dois castrati, dizia Luiz em segredo enquanto caminhava pela orla solitária e chamava por Ponta quando a via se afastar muito. Ponta voltava e ele dava palmadinhas em suas costas. De vez em quando arremessava o graveto e Ponta corria, deixando-se molhar entre as ondas geladas.

Agora que o filho estudava na capital, eles decidiram morar na praia, em uma espécie de retiro, já longe da fúria urbana e da ebulição dos vínculos sociais. Poderiam praticar esportes, ela jogando tênis, ele nadando. Mas antes estiveram quietos e brigados. Silvia não queria mais tomar pílulas anticoncepcionais e tiveram quase um ano de desencontros sexuais, com preservativos entre eles. Luiz reclamava, perdia o sono, as ondas soando a noite inteira ao fundo. Um dia surgiu o assunto da vasectomia. Luiz parou para pensar. Resignou-se. Concordou. Foi a um urologista. Fez exames. Marcaram o procedimento. Ele compareceu. Foi operado.

E depois de dez dias voltaram a se encontrar na escuridão da noite, Silvia e Luiz, e se amaram, sem barreiras de látex, e tudo funcionou normalmente, apesar do estranhamento do início e da cautela dos corpos. Ambos acharam maravilhoso que tivesse se solucionado de uma vez por todas aquele temor constante de uma possível gravidez não desejada na maturidade. Como não tinham pensado nisso antes? Felicidade geral.

Luiz começou a comer mais e ganhou peso. Às vezes quase sufocava Silvia debaixo dele. Ela parecia estar como que esperando que ele desse por acabado suas resfolegadas finais de morsa castrada, que deslizasse para o lado e dormisse de uma vez. E Luiz percebeu. Como também percebeu que Silvia retornava com vigor ao tênis de sua juventude, à rotina inabalável das aulas, aos acessórios (faixas de cabelo, lycras, leggings, cordas novas para a raquete). Algo voltava a estar ereto nela, retesado e vivo. E ela sorria ao abrir mensagens no celular. Uma faísca, uma chicotada vibrante de seus cabelos presos num rabo de cavalo quando entrava no carro para ir ao clube. Não voltava antes das três. Sem problema, pensou Luiz, e chamou Pô!, e a cachorra veio e caminharam juntos, dois animais estéreis na manhã de sol.

Sem filhos

Ela é suburbana, ele, urbano. Ela é de casa, da terra, do jardim, das mãos sujas em vasos e canteiros. Ele, de apartamento, camisa branca, piso impecável e lustroso. Ela tem cachorro, dois gatos, pelos de animais na roupa, pratinhos de comida na cozinha, móveis mordidos, poltronas arranhadas. Ele, sem uma planta, nem um único ser vivo em seu apartamento.

Disto, sim, ele gosta: ser o único ser vivo em casa. O único que suja, que sofre e goza e tem fome é o seu corpo. A única coisa que cresce, que cheira a algo vivo, que muda e pode morrer. Ele pode ficar um bom tempo em silêncio, sentado olhando para a sua biblioteca, sem checar o celular, sem escutar música. Sentado na atmosfera do ruído da cidade, um murmúrio abafado pelo vidro antirruído, uma trilha sonora feita de buzinas, motores, uma ou outra serra elétrica de alguma construção, o barulho do elevador, o salto alto da vizinha. Apenas esses sons, distantes, na altura do décimo andar, rodeando-o na calma. Ele não se deprime; ele escreve. O que muda, além de seu corpo, é a quantidade de caracteres em seu novo arquivo e a caligrafia que vai preenchendo as páginas de um caderno. Isso, sim, cresce, aumenta, se acumula. Sua botânica secreta de multiplicação celular, ali dentro do seu laptop e do seu bloco de notas. A coisa viva está ali, esse é o seu jardim, sua fertilidade. Ele vai dormir pensando na história que está escrevendo e, ao despertar, uma dificuldade se resolveu sozinha, se desatou, como se algo se movesse durante o sonho. Precisa da quietude de seu apartamento sem nem um mosquito sequer, confia nessa invariabilidade da sua casa para acelerar as partículas de todas as variáveis narrativas dentro do seu reino de palavras. Para que seu texto viva ele tem que estar meio morto.

Ela, em compensação, com seu dedo verde, parece atravessada pela matéria orgânica. Em sua composteira no fundo do jardim se retorcem com fúria minhocas pretas. Tudo está morrendo e nascendo ao mesmo tempo ao redor dela. Durante a noite, abrem-se as grandes folhas de abóbora, apodrecem as magnólias, a gata pare seis gatinhos molhados. Ela, mulher de ONGs, de projetos de sustentabilidade, de vez em quando vai a escritórios elegantes fazer apresentações. Mas sempre quer voltar ao seu barro, ao odor sexual do seu terreno, à pergunta incessante da fertilidade, à resposta obscura de lambuzar-se com húmus até os cotovelos. O desespero esperançoso da terra, sua casa, onde entram as grandes baratas, as formigas, o cachorro com um pássaro que ele encontrou morto por aí.

Em um desses escritórios, eles se cruzam. O projeto, que quase não conecta suas áreas de conhecimento, não prospera, mas eles ficam em contato. Ela vai gostar do aquário vazio do apartamento dele, da biblioteca onde ler em silêncio, de tomar chá olhando a avenida, sabendo que nenhum ser vivo vai subir no seu pé. Ela aguenta ficar ali por dois dias, no máximo, depois já quer ir embora. Ele vai gostar da casa dela, tão inquietante, tão diferente da sua, tão inesperada e traspassada de histórias e microtragédias naturais. Mas, também, depois de dois dias já quer voltar ao próprio apartamento. E assim vão estabelecer uma relação de casas separadas, sem filhos. Isso está claro para os dois. Vão passar os anos, depois as décadas, com seu sistema de visitas e despedidas, invasões acordadas, acompanhando-se desse modo intermitente, respeitando-se em seus espaços. Ela meio apaixonada pela biblioteca dele, não tanto por seus escritos. Ele, muito afeiçoado pelo jardim dela, não tanto pelo cachorro.

Um casal sólido e silenciosamente feliz. Ninguém jamais teria dito que esses dois foram feitos um para o outro.

A giganta

Sonhei que te trazia de volta. Era você, mas também era a nossa zona secreta, você era o morro nos arredores do povoado. Não sei bem como explicar. No sonho fazia sentido. Você estava adormecida ao meu lado e era também as curvas do caminho que nos levava ao canavial onde nos encontrávamos. A minha mão sobre o seu quadril caía pela sua cintura, deslizando pela ravina, o declive que nos levava a nos magnetizar no matagal. A terra era você e eu te percorria como fazíamos sempre. Eu te abraçava nua, ia descendo a minha mão pelas suas costas até chegar a esse lugar preciso onde a polpa do meu dedo tocava o fim das suas costas e o começo da sua bunda redonda, a bifurcação das nádegas, e eu me detinha aí, nesse lugar exato. Qual era o meu lugar favorito no mundo? Esse. O final das suas costas.

Nesta época, quando acabava o expediente no supermercado San Carlos, na volta eu andava pelo morro com a minha carabina caçando curicacas ou algum pombo grande. Minha pontaria era perfeita. Disparava de longe. E um dia te vi voltando pelo caminho de terra com a sacola grande das compras e perguntei se você queria subir na moto. Você disse que não, mas no dia seguinte disse que sim. Você descia da moto antes da entrada do povoado, para que não te vissem comigo. Uma tarde te chamei para caçar pássaros e nos esquecemos de caçar, nos beijamos sob a luz verde do canavial. Era ali que nos encontrávamos. Nós dois com dezesseis anos. Às vezes você tinha marcas na pele. O meu padrinho, você disse quando te perguntei, e baixou o olhar. Esse padrinho bêbado e violento que de vez em quando eu via pescando nas pedras. Um dia eu mato ele, você disse.

Mas aconteceu o contrário. Te encontraram morta no terreno baldio atrás do lava-rápido de caminhões. Todos sabiam que tinha sido ele, mas não se podia provar. Ele ficou preso por algumas semanas. A sua mãe aos prantos. Eu, sem comer. Depois vendi a moto, não voltei a caçar nem a subir o morro. Nunca mais voltei ao canavial. E por uma semana esperei por ele, escondido entre as pedras, de longe. Vi-o chegar, ajeitar suas coisas, armar a vara, pôr a isca, jogar a linha. Ficou parado na beira d'água. As ondas se moviam com força nesse dia. Ele ficou na minha mira. Prendi a respiração, apertei o gatilho e o vi cair no mar. Você já sabe disso, porque com certeza na morte se sabe tudo. Ali ficou o seu assassino, servindo de comida aos peixes. Toda a violência dele se desfez feito água na água. Não o encontraram e ninguém procurou muito por ele.

Agora você é essa terra, essa umidade, esse riso que se apagou tão cedo, mas que voltou ontem à noite no meu sonho. Eu estava no chão com você, adormecido com você. Era você, e ao mesmo tempo você era a paisagem, cascata, sombra, medo de pássaros no ar, centelha de sol, beijos, sexos se procurando, recantos secretos. Nos enredávamos para ser um, um abraço desesperado. Você dizia o meu nome entre súplicas, eu dizia o seu. Você era gigante e eu era gigante também. Éramos feitos da mesma matéria viva se desfazendo e se refazendo, a fúria da terra cega acontecendo o tempo todo sem parar, as mãos, a força, as raízes.

Você estava viva ontem à noite, respirando comigo, os seus pés terrosos ao lado dos meus pés terrosos, o seu cheiro de suor pelo qual eu morria, seus cabelos emaranhados entre as folhas. A grande tranquilidade que me dava saber que por fim íamos ficar juntos outra vez, porque não me sobra muito tempo aos meus oitenta e três anos, e meus filhos sabem onde jogar as minhas cinzas, no morro. Eu sentia paz no meu sonho, pois entendia que logo vou ser terra também e vamos estar bem juntos, unidos num beijo infinito e escuro, como a noite mais secreta do mundo.

A trilha

Tinham se visto em algumas reuniões familiares e sempre se cumprimentavam com simpatia e se olhavam de soslaio entre os copos e as piadas de algum churrasco muvucado. Para ela, ele era o primo do cunhado. Para ele, ela era a irmã da esposa do primo. Uma trama de laços domésticos. Agora é verão, e acabou que os dois foram convidados para passar uma semana na casa que o primo aluga em Santa Catarina.

Um vê o outro passar em câmara lenta, mas com zoom e close, atravessando a multidão desfocada do enxame de filhas, filhos, namorados, tios, algum amigo, seres de genes similares que fazem turno pela casa. Chegam uns, saem outros, acrescentam um colchão no chão de um quarto, alguém dorme na sala...

Ele toma uma ducha de água gelada no jardim para tirar a areia, e ela só de butuca. O corpo malhado, bronzeado, que se nota quando o short abaixa um pouco e se vê uma faixa de pele mais branca. Ela repara na forma como a água cai pelo pescoço dele. Um homem lindo e proibido. Porque, mesmo que não tenha vindo acompanhado, ela sabe que ele é casado e tem uma filha por aí.

Só de biquíni, ela brinca por um tempo com alguém, jogando vôlei, e ele só de rabo de olho. Sua energia, sua risada ao sol, a confiança de seus trinta anos, seu corpo atlético, a forma como ajeita displicentemente o top do biquíni antes de soltar cada saque. Uma mulher linda e proibida. Porque, mesmo que esteja só, ele sabe que ela tem um namorado na ponte aérea com Brasília.

Mas se comem terrivelmente com os olhos. Os dois começam a sentir o mal-estar de não poderem se atracar, de não poderem se pegar de jeito e deixar que se choquem como duas estrelas que vêm se aproximando uma da outra há milhões e milhões de anos, fazendo tudo explodir, sem provocar um escândalo na família, um estalido bombástico nuclear no equilíbrio dos vínculos afetivos. Não conseguem parar de se examinar, se medir, se estudar em silêncio. Até que um dia alguém organiza um passeio em grupo por uma trilha pelo lado norte, onde há piscinões de água do mar entre as pedras, mas uns começam a querer cancelar, outros não aparecem e, no final, sobram só os dois, que decidem fazer o programa de qualquer forma.

Nesse dia, na praia, foram postas as bandeiras de perigo. Bandeiras vermelhas em riste, pois o mar puxa para dentro, engole as pessoas e as devolve afogadas, sem alma. Enquanto caminham pela areia, eles falam de coisas chatérrimas, de seus respectivos trabalhos. O diálogo é uma obrigação para tapar o estrondo ultrassônico do desejo. Falam em piloto automático até chegarem às pedras e, ao treparem cada pedra grande, é hora de seus corpos assumirem o controle e fazerem calar seus cérebros laborais.

Em cada pedra grande, ele sobe primeiro e lhe dá a mão, e ela sobe atrás. A força dele. A força dela. No começo, eles se dão as mãos com firmeza, depois passam a dar-se o antebraço. Ela, escalando com um sorriso de felicidade pela paisagem deslumbrante e por causa do gozo físico de interagir com o corpo dele, mesmo que ainda seja assim, de modo inocente. Exceto pela simulação de uma escorregadela numa pedra molhada, que ela evita agarrando-se ao ombro dele.

Fazem uma pausa. Tomam água da mesma garrafa, que ela levou. Primeiro ela, depois ele. Continuam em frente, já ofegantes pelo esforço físico e pelo calor. Desviam-se do caminho demarcado. Chegam a uma piscina de água transparente, oculta entre as rochas. Tiram as camisetas e os calçados e entram.

Ele a olha debaixo d'água. Uma imagem que não vai poder esquecer jamais. Saem à superfície. Não dizem nada. Ela volta a mergulhar e brinca de lhe apertar o tornozelo, depois nada até a outra ponta. Cada um se localiza em um dos extremos do pequeno espelho d'água. Olham um para o outro como dois lutadores esperando o sinal. Ninguém os vê.

Mercado das flores

É possível um homem passar voando baixo pela rua, na madrugada, diante dos olhos de todos, sem que ninguém se surpreenda? Sim, é possível. Mas primeiro, me deixe explicar. Não era bem um homem, era um jovem de vinte e três anos que, no dia anterior, pegou um ônibus para a casa da namorada. Saía de um desses bairros de edifícios metidos a franceses, mas que na esquina têm sempre um carrinho colorido de comida e um terreno baldio transformado em estacionamento. Quarteirões inteiros de vitrines luminosas refletindo sobre um mendigo.

Era dali que partia o ônibus, e as ruas iam se tornando cada vez mais abertas à medida que ele avançava para os bairros mais periféricos, mais residenciais, mais populares, com casas de portão mais baixo, cruzando avenidas que eram basicamente puro céu azul e nuvens.

Estava quase chegando à casa da namorada, a uma quadra da grande igreja evangélica onde até pouco tempo antes ficava o Mercado das Flores. Sempre chegava ao anoitecer, com o coração galopando, e depois aos pinotes, quando, através do portão da rua, a via aparecer no final do corredor com a chave na mão, sabendo que ele, desde ali, já a estava admirando. A beleza baixava sobre ela, de banho recém-tomado, os cabelos molhados, como uma luz milagrosa que vinha dos céus, iluminando-a da cabeça aos pés nus, de chinelos. Ela lhe sorria sempre do mesmo ponto do corredor. Depois lhe abria o portão, eles se abraçavam e escapuliam para dentro da casa. Tinham a noite inteira juntos até perto do amanhecer, quando a mãe dela voltava do trabalho no hospital. Essa porta vermelha era fechada e trancada, com duas voltas de chave.

Não era o primeiro pássaro da alvorada que advertia os amantes que o tempo estava se esgotando. Eram os ruídos do Mercado das Flores, que começava a se organizar ainda às cinco da manhã, com os tubos das estruturas das barracas ressoando ao serem empilhados no asfalto. Esses ruídos funcionavam como um gongo anunciando que é preciso limpar a área, que em pouco tempo chegaria a mãe cansada, cheirando a cigarro, de saco cheio de trabalhar, e ela não ia querer cruzar com nenhum estudante intruso; não acharia a menor graça em saber que a filha de vinte anos punha para dentro de casa o namorado às escondidas. Será que, ao chegar em casa, ela conseguiria farejar, captaria no ar a presença dele? Nesse momento, ele já teria picado a mula para o ponto de ônibus, atravessando as ruas ainda no breu.

Todo esse prólogo para aterrissar aqui, nestas quadras do Mercado das Flores, onde os caminhões que vinham dos viveiros da periferia começavam a ser descarregados. Gritos de trabalho, muita agitação, caixas de flores de todas as cores sacolejando na circulação dos feirantes, dos ajudantes, das tias das barraquinhas. Caminhões entrando de ré, na diagonal, repletos de dálias, astromélias, violetas-dos-alpes, rosas amarelas, petúnias. Ele atravessa tudo isso sem saber o nome de nenhuma flor, afinal, ainda não teve que levar um buquê de açucenas para alguém no asilo, nem velar um morto com uma coroa de gladíolos, nem jogar cravos sobre um caixão antes de ser coberto por terra. Vejam como ele passa flutuando, acreditando que as flores são só de amor e que essa rua é uma metáfora da maravilha que o embala, uma extensão do perfume dos abraços. Caminha sem pisar no chão, lânguido, debilitado pelos beijos, invencível, transparente, entre as flores molhadas, as flores de um dia.

Ninguém lhe disse para olhar as flores pisoteadas do dia anterior. Ele segue ingênuo, confiante na renovação eterna das pétalas, como um zangão atordoado, embriagado de beleza e ternura, recém-saído do mel do fundo da flor. Pensa ser imortal, pensa que é um fantasma, pensa que nem a foice do tempo nem as flores mortas do desamor o alcançarão. Para que acabar com suas ilusões agora? Deixem que ele siga mais um pouco assim. Que ninguém dê um pio.

Te encontrar

Eu não te encontrava em canto nenhum, embora a gente viva junto. Eis o grande perigo da convivência. Transformar o seu amante em um familiar. Este é o quarto onde os meus pais se tornaram irmãos, diz o poeta Fabián Casas. Que medo. Porque passo pelo dia ao seu lado. Você entra na cozinha, me vê cozinhando de pijama pandêmico; metade de um pijama, um suéter bastante digno, apto para o Zoom, mas uma calça de mendigo.

Não conversamos. Você checa o seu celular, deixou carregando na cozinha. Não sei onde você está, mas me sento com você para fazer contas. É preciso pôr a conta de luz em débito automático, porque no mês passado a gente não pagou. A sua cara séria, cansada, esse ar meio severo que você ganha quando está com os cabelos presos, a contadora do lar, a preocupação porque estamos gastando muito com o supermercado. Faz cinco dias que o Maxi chora de noite e acabamos, eu e você, dormindo com ele. Amanhece um só de nós na cama de casal. A metade vazia e o prazer de poder se esticar, ocupar o espaço dos lençóis, um luxo cheio de culpa nessa solidão. Mas você não está em canto nenhum. Te escuto como a uma estranha na sala, falando por telefone com a Fundação, sua amabilidade impecável, a doçura profissional, a inteligência dos seus feedbacks e conselhos, os silêncios e ao final a sua resposta. Tampouco sei quem é esta que tira a roupa molhada da máquina de lavar, mas digo "eu penduro", e nesse circuito cotidiano e prático nem perdemos tempo em dialogar. Penduro a roupa, sério: os tamanhos de nós três no varal, as camisetas do pequeno Maxi que agora está na escola. Quem é a que abre a geladeira e olha para o horizonte gelado, como que consultando um oráculo? E quem é o sujeito que sorri diante da tela, esbanjando simpatia para a sua turma, o professor que faz os alunos rirem, iluminado, o que desliga o computador e fica sério de novo, se ensombrece e não lhe sobra nem uma gota de ternura para ninguém, regozija-se em sua nuvem pessoal, aninhando-se no tédio? Serei eu, talvez, pode ser? Somos muitos neste apartamento, nós dois nos manifestando em nossos diversos papéis. Às 11h30 sou o faz-tudo, com a broca, fazendo barulho para instalar dois porta-toalhas no banheiro. Você passa pelo corredor e me vê em uma pose indigna, de quatro, míope, procurando um parafuso que acaba de cair. Às 12h15, você é a jardineira da sacada, tirando o mato que cresce nos vasos, as mãos sujas de terra, com o dorso da mão você afasta os cabelos da testa. Estamos brigados, não sei exatamente por quê. Escrevo no celular uma mensagenzinha para a minha amante: 12h30? 12h30, o quê?, responde a minha amante. 12h30 te dou muitos beijos. Depois de uma pausa, ela me responde: Pode ser. Então tomo banho para me encontrar com ela, meu coração dispara, respiro fundo, me ensaboo, lavo com água o angustiado que sou, deixo a angústia ir pelo ralo. Tenho uma hora com ela antes de buscar o meu filho na escola. Saio do banho, te vejo já na cama do nosso quarto. Sorrimos. Sempre gostamos de nos mandar mensagens. O truque continua funcionando, porque é como se falássemos com outra pessoa. Então entro na cama, entro no seu abraço. Seus beijos. Os corpos vão se reconhecendo. Sabem se encontrar melhor que nós. Descobrem-se, tiram camadas e camadas de zanga e frustração. Aqui estamos, meu amor. Agora, juntos, tudo o que somos, você e eu, simplificados na pele. Somos isto, este beijo. Aqui está você, minha vida, por fim te encontrei, me lembrei de como você era, como você é, como será para sempre, seus cabelos ondulando em raios sobre o travesseiro, descabelada, toda a luz no sorriso, esse sorriso que é o mundo para mim.

A batalha

De sua espreguiçadeira, ele a observa entrar no mar. E tudo o que sente é um arrependimento absoluto. Lamenta estar ali, ter posto essa garota nessa situação. Pergunta a si mesmo como fará para sair disso, para voltar, para deixá-la. Gisele, bonita, de biquíni, entrando na água turquesa. O que acontece com este cara? Martín Santos vai morrer. Bateu-lhe uma vontade terrível de morrer. Logo em meio às suas férias na Itália, nessa praia da Sicília. Ele tem um déjà-vu olhando essa mulher entrando no mar. Eu já fiz isso, ele pensa. Quem é ela? Por um instante chega a duvidar. A recordação se sobrepõe à do primeiro casamento, na lua de mel na Grécia, e à da sua segunda mulher, na lua de mel em Morro de São Paulo. Uma bela mulher de trinta anos entrando no mar. A juventude e o riso. E ele envelhecendo na espreguiçadeira. A mesma situação. Como se essas mulheres fossem sempre a mesma mulher imortal. E ele indo embora, esvaindo-se. E por que tão melancólico, se já superou um câncer e a quimio tempos atrás? Por que tão impregnado de escuridão em meio à luz do verão mediterrâneo?

Talvez tenha sido aquela moça em Roma, que lhe cedeu o assento no ônibus. Uma garota loura como a Vênus de Botticelli. Simonetta Vespucci de short jeans, mascando chiclete, cedeu-lhe o assento, tratando-o gentilmente como um velho. Ele, com sessenta e nove anos. E ela fez isso diante de sua reluzente namorada argentina. Martín não quis se sentar e então Gisele, ao notar a punhalada que ele acabava de receber, sentou-se de repente como se sentasse sobre a tampa de um cesto onde estaria escondida uma cobra. Ele sorriu, fingiu que achou alguma graça naquilo tudo e foi então o sorriso mais doloroso do mundo.

Desceram do ônibus e foram à Basílica de São Clemente Ele queria mostrar a ela os afrescos do teto, na sua cabeça tinha ficado a recordação de uns cordeiros em fila sobre um fundo verde. Havia visitado a basílica com sua primeira mulher, fazia já quatro décadas, e não tinha conseguido ver os templos antigos que estavam abaixo, nos subsolos, pois estavam em restauração.

Entraram, havia muita gente, viram as imagens do teto, foram descendo as escadas da basílica medieval em direção a um templo subterrâneo e mais antigo. Escutavam a voz de um guia italiano. Martín ia traduzindo para Gisele o que ele entendia, à medida que desciam escadas cada vez mais estreitas e escuras. A capela fazia parte de um templo secreto dos primeiros cristãos. Desceram ainda mais. O guia gritava para que não empurrassem. *Non spingere!* Um longo contingente de turistas vinha atrás deles. Sob o templo romano havia outro templo de um culto pagão. Martín ia na frente e, na penumbra, chegaram até umas barras enferrujadas na pedra. Não se podia passar dali. Através da grade via-se o templo de culto a um deus que matava um touro. Martín Santos se agarrou na grade e sentiu que tinha chegado no fim de sua vida. O animal que ele era chegava até ali, até aquele princípio dos tempos, ao touro sangrando sacrificado, e as pessoas se amontoavam atrás. Não empurrem! Ele ia morrer asfixiado. Vamos sair daqui, disse ele a Gisele, e ela o ajudou a sair.

Decidiram partir para a Sicília no dia seguinte. Basta de Roma. Mas as férias das férias não o tranquilizavam, e agora, na praia, da areia, ele sorri para ela, que lhe diz Amor, vem pra água! Sua Vênus nascendo do mar, outra vez, mas cada vez mais distante. Porque Martín Santos vai morrer, não hoje, mas vai morrer, como os povoados e as religiões, os exércitos, os glóbulos brancos de uma batalha que dessa vez ele vai perder.

As curvas do algoritmo

Perto da minha casa, dobrando a esquina da Biblioteca Nacional, existia uma coisa que se chamava "A fonte da poesia". Era um projetor que, da ponta de um poste, lançava poemas sobre o muro branco da fonte. Foi lindo de ver por um tempo. Os poemas iam passando e as pessoas paravam um instante para ler. Depois ela ficou abandonada, o projetor estragou, a fonte deixou de ter água, passou a dormir ali uma família que tinha ido parar na rua. Toda noite, sobre os corpos envoltos em cobertores, na tralha toda, no carrinho de supermercado apocalíptico, iam sendo projetados os poemas, que ficaram um tanto ilegíveis, eram lidos aos pedaços. Sem querer, a Biblioteca Nacional conseguira criar a obra de arte contemporânea mais significativa dos últimos anos.

Eu via essa cena todas as noites, ao voltar para casa. E uma noite sonhei que o que se projetava ali era o meu *internet banking*, o saldo da minha conta, as minhas finanças, senhas, débitos e créditos e transferências. Então eu corria para casa para desligar o meu computador, mas nunca chegava a tempo. Lembro de ter acordado com a sensação de intimidade violada e culpa. Uma culpa gigantesca. O meu dinheiro projetado como um sonho em cima daquelas pessoas sem teto.

Mas o que aconteceu ontem foi pior. Porque foi real e tenho medo de que venha à tona. Eu gostaria de explicar aos meus alunos, pedir a eles que não façam isso circular. Não sei o que fazer. Alguém vai dizer que não foi grave, mas na verdade foi horrível. Por alguns segundos, na aula via Zoom para os alunos do ensino médio, compartilhei a tela do meu Instagram para lhes mostrar um pintor, e cometi o erro de usar a ferramenta de busca. Na hora em que cliquei no ícone da pequena lupa, soube que estava perdido.

Queria lhes mostrar algo de Basquiat que eu tinha visto dias antes. Em geral não improviso; tenho tudo preparado, mas alguém mencionou alguma coisa sobre grafite e quis dar uma de moderninho e me ferrei. Vou mostrar para vocês o que fazia um grande pintor dos Estados Unidos, eu disse. Ao abrir a ferramenta de busca do Instagram, apareceu uma cascata de fotos de mulheres voluptuosas, quase nuas, de fio dental. E se ouviu uma gargalhada. Perdão, perdão, eu disse, e não sabia se interrompia o compartilhamento de tela ou buscava rápido o que queria. Fiquei com a segunda opção, e isso levou mais tempo, porque escrevi Basquiat errado, escrevi com *k*. Ali apareceram closes de decotes, moças de peitões, bundas monumentais.

Dei um scroll para baixo, como que querendo escondê-las, mas apareceram mais: as fisiculturistas de coxas monstruosas, morenas gigantes com transparências, deusas do fitness... Acabei de ver a gravação que ficou no Zoom e apaguei. Mas com certeza algum dos meus alunos já deve tê-la baixado e isso vai viralizar no YouTube e chegará ao noticiário da tarde.

Que vergonha! E ainda por cima dá para ouvir a minha tentativa de fazer piada. Justo antes de aparecerem os quadros de Basquiat, eu disse: "Perdão, o algoritmo extrapolou". Porque é verdade. Não sei que série de buscas e cliques foram empurrando o meu algoritmo para os lados dessas curvas exageradas. Como se houvesse ali uma evolução lenta, imperceptível. Em algum momento, o Instagram me mostrou uma imagem quase erótica como isca, e eu, um insone professor cinquentão, quis vê-la, e depois o deus da matrix foi ampliando essa curiosidade, essas ancas, essa fraqueza, e em pouco tempo a ferramenta de busca me encheu de mulheres hipercarnudas na bunda, deixaram evidentes essas curvas nas quais derrapou para sempre a minha libido final.

Ponho a culpa no algoritmo:

Queridos alunos. Esta é a triste vida sexual do professor de literatura de vocês: um breve sonho erótico no qual vagueio por praias tropicais, como um turista alemão que olha, mas não toca, entre mulheres voluptuosas sentadas em pose sexy sobre espreguiçadeiras e rochas e em academias de ginástica ao ar livre, piscando e sorrindo para mim ao passar.

Peço desculpas.

Fogo nos olhos

Eu devia ter escapado a tempo. Mas o circo permanente da família dela me deixou fascinado logo de cara. Aquela casa com sucata acumulada pelo pai ausente no fundo do jardim. Um amontoado de chapas e fragmentos de máquinas apodrecendo na chuva. Estavam todos proibidos de tocar naquilo. Quem sabe um dia o pai voltasse e fosse precisar daquelas coisas. Lá estava, no fundo do jardim, o santuário da sua ausência, onde crescia o mato e ratos faziam seus ninhos. No muro detrás havia uma porta, e mesmo depois de seis meses de namoro eu não tinha percebido que essa porta dava para a casa da avó, com quem, naquele tempo, estavam brigados. A avó e o tio viviam em uma fúria silenciosa. Tinha acontecido um desentendimento confuso por causa de um dinheiro. E a porta não era aberta. Quando visitei a casa pela primeira vez, ali havia um cadeado oxidado, e pelo visto também havia um cadeado do outro lado.

Naquele momento, eu devia ter me dado conta e fugido. Mas Natalia era muito bonita, com suas maçãs do rosto de russa do Volga e ar altivo e olhões verdes, selvagens. Por que não saí correndo quando vi aquelas fotos do álbum de família, com aqueles bisavós malucos que cruzaram o oceano, aquelas senhoras de luto com olhar de fogo, aqueles homens de expressões oblíquas, com grandes bigodes orgulhosos? O alfabeto cirílico no pé de cada imagem, um elenco digno de romance de Dostoiévski. Fiquei. A mãe me tratava bem e atenuava seus gestos de cossaco na minha presença. Tirava o cigarro da borda dos lábios e o segurava entre a ponta dos dedos enquanto falava comigo, como que adquirindo um feitio que tentava ser finíssimo. Porque vá saber o que lhe dissera a filha sobre mim. Certamente ela tinha exagerado sobre o meu nível social.

Quando estava preparando a minha festa de aniversário, ela disse que eu tinha que convidar o irmão dela. O sujeito vivia fechado no quarto e, quando aparecia, me olhava com desprezo e falava de experiências extrassensoriais. Não quis ofendê-la. Convidei o irmão. Eu estava fazendo dezenove anos. O irmão seduziu um grupo de amigos meus em um canto, falando de óvnis e contatos extraterrestres; ouvi que discutiu com alguém, bateu na mesa e foi embora transtornado. Depois, por um tempo, cada vez que o via, ele me perguntava como estavam os idiotas dos meus amigos. Não havia problema em dormir no quarto de Natalia, só tínhamos que ser silenciosos. Talvez soubessem que isso me manteria grudado feito mosca no mel, porque ela era o mais absolutamente sexual e maravilhoso que me acontecera na vida. Sob os lençóis ela se acendia como se tivesse uma luz interna.

A avó morreu, o tio passou um tempo fora e me pediram que os ajudasse a limpar a casa. É difícil explicar o que era aquilo. Eram acumuladores, a avó e o tio. Havia jornais e revistas dos anos 1970. Pilhas de papel. A cama de casal da avó mal tinha espaço para ela dormir; o restante estava coberto de coisas. Não me ocorre maior bandeira vermelha de perigo que essa, me sinalizando o redemoinho familiar no qual estava me deixando capturar. Tiramos sacos e sacos com todos os objetos do mundo. Encontrei até um crânio humano, fruto de uma tentativa falida do tio de estudar medicina nos anos 1980. Essa casa acabou sendo a nossa. Quando Natalia ficou grávida, o tio foi viver com a irmã fumante. E agora a porta do jardim está aberta. O meu cunhado tem uma frota de carros e eu dirijo um deles. O Uber é um concorrente, mas não falta trabalho. Me chamam de Mysh, que é rato em russo. Eu não deveria me queixar. Me deram casa e uma vida que eu, sozinho, não poderia ter arranjado nunca. O meu filho se chama Ivan e tem fogo nos olhos.

El gran error © Pedro Mairal e Folhapress, 2025
c/o Indent Literary Agent (www.indentagent.com)

Todos os direitos desta edição reservados à Todavia.

Grafia atualizada segundo o Acordo Ortográfico da Língua
Portuguesa de 1990, que entrou em vigor no Brasil em 2009.

Direitos de reprodução das crônicas gentilmente
cedidos pela empresa Folha da Manhã S/A.

As crônicas "A trilha", "Mercado das flores" e "A velha
que boia" foram traduzidas por Ellen Maria Vasconcellos,
a quem a editora agradece a permissão para publicação.

capa
Julia Masagão
ilustração de capa
Willy Horizonte
preparação
Sheyla Miranda
revisão
Jane Pessoa
Huendel Viana

Dados internacionais de Catalogação na Publicação (CIP)

Mairal, Pedro (1970-)
Fogo nos olhos : Crônicas sobre o amor e outras fúrias /
Pedro Mairal ; tradução Livia Deorsola. — 1. ed. — São
Paulo : Todavia, 2025.

Título original: El gran error
ISBN 978-65-5692-767-1

1. Literatura argentina. 2. Crônicas. 3. Folha de S.Paulo.
I. Deorsola, Livia. II. Título.

CDD Ar863

Índice para catálogo sistemático:
1. Literatura argentina : Crônicas Ar863

Bruna Heller — Bibliotecária — CRB-10/2348

todavia
Rua Luís Anhaia, 44
05433.020 São Paulo SP
T. 55 11 3094 0500
www.todavialivros.com.br

fonte
Register*
papel
Pólen bold 90 g/m²
impressão
Geográfica